27 relatos y bastantes sonrisas

Santiago Iglesias de Paúl

27 relatos y bastantes sonrisas

Primera edición: noviembre 2025

Autor: Santiago Iglesias de Paúl

Editor: Juan González-Aller Lacalle

Editorial: "Navegantes Oceánicos"

C/ Eladio López Vilches, 15 – 28033 Madrid

admin@navegantesoceanicos.com

Diseño de la cubierta: Dolores Iglesias Fernández

ISBN: 978-84-129194-4-8

Depósito legal: M-26526-2025

Con cariño a mi esposa Ana, familia y amigos.

Y a los que sufren. No tengo la palabra ni la medicina adecuada para evitar el sufrimiento, pero espero que disfrutéis con estos relatos sencillos.

Índice

EL ESPÍRITU DESASTROSO

—Has puesto interés, no nos cabe la menor duda, sin embargo… has sido incapaz de asustar a nadie. De producir pavor ya ni hablamos. Nadie, absolutamente nadie, ha querido grabarte esos ruiditos siniestros que has hecho con tanto desatino. Y mira que era sencillo: necesitábamos puertas cerrándose mientras crujían, ruidos de pisadas misteriosas, gritos o aullidos, y tú dale que te pego con la música repetitiva de las castañuelas. Castañuela por aquí, castañuela por allá. ¿Estamos tontos o qué? Mira, aunque te duela, pareces un ser vivo. Con eso te digo todo. En lugar de causar terror entre los humanos, con tus actuaciones lamentables consigues que estén deseando que te manifiestes de nuevo, para bailar sevillanas al ritmo de las castañuelas. Un fracaso en toda regla. Eres el peor espíritu que hemos tenido en los últimos 27 siglos. Da más miedo Teresa de Calcuta que tú. Así que lo sentimos: vagarás por la eternidad sin apariciones posibles y sin dar sobresaltos de ningún tipo. Por lo que a nosotros respecta, como espíritu estás suspendido y acabado. Que pase el siguiente…

Se me presentaba un panorama desolador. El tribunal espiritual de segunda instancia había dictado sentencia y no precisamente a mi favor. Y eso que yo llevaba enchufe de un muerto afamado que actuaba por varios cementerios de la zona, pero ya no tenía remedio y con su decisión me habían hundido. Bueno, literalmente hundido en las nubes, para que nos entendamos. Me fui entonces a un bar de la muerte, llamado «La agonía» que abría pronto. Me sinceré con el camarero:

—Llevo 347 años vagando por las tinieblas y ahora que se me presentaba la oportunidad de entretenerme un rato resulta que me suspenden y no me dan el preciado carnet de espíritu comunicativo con el más allá.

—¿Será el «más acá»? —me interrumpió el simpático camarero.

—Naturalmente —contesté. Siempre me confundo.

El camarero me sirvió otro *Bloody Mary* y se fue a cambiar de sábana. Es lo que tiene ser fantasma, que se ensucia mucho la ropa con el tomate y cosas así. Tardó una eternidad, nunca mejor dicho. Así que me piré de allí. No me comprendía nadie. Ni de acá, ni de allá.

La verdad es que había intentado ser un buen espíritu comunicativo, por probar algo diferente, como salida a mi aburrida existencia de muerto, pero fracasé estrepitosamente. Estaba hundido en la miseria, una tristeza mortal me atenazaba. Podía hacer dos cosas, o bien ir de bar en bar contando mis cuitas, o bien ir a la mayor brevedad a la consulta del psiquiatra de espíritus. Afortunadamente opté por lo segundo. Estaba cerca, entre las nubes, al doblar un cumulonimbo. Por cierto, hacía un frío de muerte.

Este psiquiatra me lo recomendó un muerto conocido que tenía su mijita de gracia, porque el tipo se creía todavía vivo. Tanto es así que a las siete de la mañana, todos los días, se ponía el despertador para ir a trabajar. No sólo estaba muerto y bien muerto, sino que además era idiota.

El psiquiatra estuvo la mar de acertado con él, interpretó correctamente su mal y a continuación le decapitó unas diecisiete veces, de varias maneras y posturas diferentes, para que razonara y se sintiese fiambre de una vez. Al final el paciente se convenció de su gran error, y ya llevaba un tiempo sin ponerse el despertador. Más que nada porque no quería que el psiquiatra asesino le volviese a decapitar. No sé si hubo sanación completa, pero al menos ahora no daba el follón con el despertador, se había hecho cómplice del silencio. Del silencio sepulcral mayormente. Ya digo, un gran psiquiatra y reconocido en todos los ámbitos.

Dicho psiquiatra me recibió muy amablemente. Su despacho estaba alegremente adornado con tibias, fémures y calaveras muy monas. En primer lugar, me hizo la pregunta obligada sobre mis años transcurridos como muerto y cuando le dije lo de los 834 años, me dijo que me encontraba fenomenal y que cualquiera lo diría porque parecía un cadáver reciente, lo cual me agradó mucho. Era un buen comienzo.

A continuación, le conté mi problema con el tribunal espiritual y le expliqué con detalle mis andanzas los últimos 347 años. Por un momento creí que me decapitaba también, como a mi amigo, cuando le conté lo de las castañuelas, pero no, no fue así.

Resulta que la «Santa Compaña» estaba un tanto harta de vagar por ahí causando penas, disloques y miedos. Y querían dar un cambio radical de imagen, y actualizarse un poco. Para ello estaban contratando a algunos *influencers* y comprando diversos instrumentos tétricos de música, pero además necesitaba unas castañuelas por si la feria de Jerez se incluía en su «*tournée*».

Qué gran idea la de incorporarme a este mítico grupo.

Así que ahora, reniego de las puertas que no cierran y de los alaridos, y me paso el día de gira entre Mondoñedo y Ferrol, entre Puente Genil y El Puerto de Santa María, dale que te pego todo el día a las castañuelas. Hemos dado 3 conciertos en unos cementerios preciosos y abarrotados de almas. Y así, con mis castañuelas, soy un espíritu la mar de feliz. Bueno, de vez en cuando vuelvo a los bares, donde naturalmente… me lo paso de muerte.

LA CUEVA MISTERIOSA

—¿Entramos en esta cueva?

—Las cuevas nunca me gustaron, pero esta tiene algo especial. No sé. Malo será que habiten osos hambrientos y nos devoren. Podremos entrar, si quitamos todas estas telarañas.

Allí estaban Carlos y Marta, en la provincia de Madrid, en el año 2025 de este siglo XXI, con aquel sol radiante, dispuestos a bajar por aquella rampa. Daba un poco de miedo, la verdad.

Las pelis que habían visto sobre temas similares no siempre tenían un buen final.

Eran novios desde hacía dos meses. Los mejores meses de su vida, según Marta. Carlos prefería no pronunciarse al respecto. Él era más de los mundiales de fútbol. Esos sí que eran meses fantásticos, de locura.

Finalmente se decidieron y entraron en la cueva. No se veía un carajo. Encendieron las linternas del móvil. Ella, un poco preocupada, puso antes un *whatsapp* a su amiga Conchita y, textualmente, escribió:

«Estoy entrando con Carlos en una cueva profunda, si no te llamo dentro de una hora, avisa por favor al 112. Te envío localización. Por cierto, que sepas que tu marido te engaña con la de la panadería y por esa razón coméis ahora tantos bollitos. Tenía que decírtelo, lo siento».

Y se quedó tan pancha.

Un pequeño riachuelo discurría por el suelo de la cueva. Una cueva más bien húmeda. Hacía fresquito. Marta se subió más, si cabe, los calcetines, mientras exclamaba:

—Deberíamos haber ido a Benidorm este finde. Aquí hace una rasca que te cagas.

No se oía nada, ni un rumor, ni una brisa. Silencio sepulcral. Siguieron andando mientras él maldecía no tener cobertura. Había apostado al Racing en BET 365.

De momento caminaban, aunque en algún tramo iban agachados. El aprovechó para darle una palmadita en el culo, lo que ella agradeció enormemente. Fue a besarle, pero se tragó una telaraña. Comenzaba a detestar las cuevas.

De repente, como a lo lejos, escucharon algo. Marta cogió de la mano a Carlos. Él se cambió de mano el móvil con la linterna. Se oía una voz nítida, que repetía:

—«Oink, oink, aserejé. Esto lo tenéis que ver».

—¿Has oído, Marta? Viene de allí —repuso Carlos con cierto temblor.

—Sí, lo he escuchado. No me cabe duda de que algo ha sonado por ahí —Y Marta señaló una dirección—. Apenas lo he entendido —añadió.

La cueva, cada vez más fría, animaba a no quedarse parados, había que seguir adelante. Volvieron a escuchar aquella voz:

—«Oink, oink, aserejé. Esto lo tenéis que ver».

—No cabe duda, viene de allí —Aseguró Carlos, cogiendo más fuerte de la mano de Marta, e indicando una nueva dirección.

Carlos, que trabajaba en una funeraria, tenía constancia de que los fenómenos paranormales estaban a la orden del día. Creía firmemente en ellos. Y en cuevas oscuras, más todavía. Mientras se quitaba una telaraña del ojo exclamó.

—Qué misterio. Desde la víspera del «efecto 2000» no sentía nada parecido. Vamos a averiguar qué sucede aquí.

Así que comenzaron a andar en la dirección adecuada y su sorpresa fue mayúscula cuando vieron un cartelito, muy mono, en el que ponía muy claramente.

—«Aserejé, aserejé, ya te queda poco para ver».

—Oye Carlos, ¿nos volvemos? esto me supera —inquirió Marta.

—Sigamos —repuso Carlos—. Tengo una terrible duda... Antes decían «oink, oink» y ahora ya no lo dicen. Este detalle me intriga. Puede que nos llevemos una grata sorpresa con todo esto.

—Grata, grata... no sé, el «oink, oink» me espeluznaba —repuso Marta. —Tal vez sea mejor dejarlo.

—Vamos, seamos valientes. Puede que estemos ante un descubrimiento sensacional, tanto o más como el que inventó esos tapones de plástico que no se pueden separar de la botella —dijo Carlos. —Llegaremos hasta el fin. Lo juro por mis muertos.

—¿Tus muertos? Como se nota que curras en una funeraria —replicó Marta.

—Bueno, sigamos —añadió Carlos.

—Pero cógeme más fuerte de la mano —le ordenó Marta, como quien no quiere la cosa.

De repente, y aunque parezca imposible, sonó el móvil de Marta. Era imposible, no había cobertura, pero sonó. Entraba un *whatsapp* de su amiga Conchita.

«Eres idiota. Mi marido no me engaña con la panadera. Va allí sólo a comprar el pan y algún día palmeritas. Ojalá te mueras, cotilla, que eres una cotilla».

—¿Sucede algo? —quiso saber Carlos.

—No nada, eran los de Mutua Madrileña que me preguntan si «yo también me voy a la Mutua» —contestó Marta.

—¡Qué barbaridad! Ni las rocas ni las cuevas detienen la propaganda —exclamó Carlos.

Siguieron andando y, al fondo del todo, pudieron verlo: dos rocas muy iluminadas, un stand con dos azafatas muy monas y un cerdo que paseaba tranquilamente por allí. Entonces las azafatas fueron al grano, y comenzaron a cantar:

«Aserejé, aserejé ya es primavera en El Corte Inglés... Aserejé, aserejé ya es primavera en El Corte Inglés...».

Sorprendido, Carlos le comentó a Marta:

—Esto es terrible. Esta gente ya no sabe qué inventar para hacer publicidad y vender.

Pero le carcomía una pequeña duda, así que le preguntó a las bellas azafatas:

—Todo esto es muy extraño... Y el cerdito, ¿qué tiene que ver en todo este montaje?

A lo que una de las azafatas le respondió, acariciando al cerdito:

—Muy sencillo. Si van cinco o más personas a comprar a nuestro centro de Arapiles, también se pueden llevar el cerdo.

Y por esta razón, Carlos y Marta, Conchita, su marido, la panadera y también el cerdito se fueron aquella primavera, a comprar al Corte Ingles, y… fueron felices comiendo palmeritas.

Moraleja: Ve al Corte Inglés antes de que finalice la primavera.

UNA ANÉCDOTA MARINERA

Villagarcía (Pontevedra), verano de 1996. Ha llovido mucho desde entonces. Esta es una historia real...

Me encontraba de Comandante al mando del Buque Científico CASTOR, de la Armada Española. Era nuestra quinta campaña para finalizar la carta náutica de la ría de Villagarcía.

Cuarenta hombres de dotación, que pasábamos unos cuatro o cinco meses por aquellas tierras realizando trabajos hidrográficos, en la mayoría de las ocasiones desde un pequeño y lento bote, con el que hacíamos horas y horas de sondas.

Aquel era un día laborable de verano. Nos encontrábamos atracados en puerto, al lado del club náutico. El bote, con su dotación de tres hombres, se había hecho a la mar. Llevaba navegando desde muy temprano por la mañana para continuar los trabajos. Era la hora de la siesta, sagrada para mí y, como era habitual, no perdoné. Me sumergí entre las sábanas. Las cosas funcionaban, era un día normal. De repente me despertaron.

—Comandante, Comandante: Ahí fuera hay un señor que quiere hablar con usted.

No demasiado entusiasmado, me levanté y pensé:

—¿Quién será para dar el coñazo a la hora de la siesta?

El marinero que me despertó no supo aclararme este punto.

Bajé a tierra por el portalón y, efectivamente, allí estaba. Se trataba de un señor algo talludito.

—Será el típico jubilata —pensé— que no tiene otra cosa más divertida que hacer que ir despertando a Comandantes por Villagarcía.

Por supuesto, yo iba en vaqueros, uniformidad típica hidrográfica en horas de la siesta.

Nos saludamos cordialmente y con tono inquisitivo me preguntó:

—Yo realmente... lo que quiero es saber qué hace este barco aquí.

Vaya, un «jubilata curioso» —pensé. Como supuse su desconocimiento del mar y de los marinos, comencé a explicarle el asunto que le intrigaba como si de un niño se tratase:

—Esto es un barco científico de la Armada, que se dedica a medir la profundidad de los fondos. Como este barco hay tres más. Hacemos cartas náuticas, que son los mapas del mar...

Interrumpió entonces mi brillante discurso y, con mirada inquisitiva, me espetó:

—Comandante, por si no lo sabe, soy el Segundo AJEMA (Almirante Jefe del Estado Mayor de la Armada).

Tremendo. Un Segundo AJEMA era todo un Dios. Se trataba del jefe directo sobre barcos y gentes. Y el caso es que este señor, en esos momentos, ya estaba un poco calentito. Según me contaron después, el primer cruce de palabras que tuvo con un miembro de la dotación de mi barco fue al preguntarle al centinela si ese barco navegaba mucho, a lo que el éste le respondió en tono jocoso:

—Nada, esto no navega nada.

No contento con esa respuesta, el Segundo AJEMA vio a un oficial por la cubierta, que era el jefe de máquinas del barco. Un tipo estupendo, por cierto, pero que sólo llevaba un día embarcado, y le preguntó cómo se llamaba el comandante del buque.

—Ni idea. No lo sé.

Mala respuesta. Mal asunto si un oficial no conoce cómo se llama su Comandante.

—Quería hablar con él —solicitó el Segundo AJEMA.

—Está durmiendo la siesta —remató el oficial.

No creo que esta respuesta mejorase las cosas. Fue entonces cuando me llamaron. Sí, a esas alturas, debía de estar calentito.

Porque... ¿Qué hacer ante estas situaciones? Me refiero a cuando el «tierra, trágame» no es válido.

Empezamos a pasear por la explanada del muelle y a contarle los pormenores de nuestro trabajo. Comenzó a hacerme preguntas. Naturalmente, ahora ya le trataba de «Vuecencia», hablamos de la profesión, de la misión y de dietas entre otras cosas, y al final conseguí que quedara satisfecho con lo que escuchó.

Nos despedimos sin abrazos efusivos, pero si cordialmente, y también quedé satisfecho con su visita atípica, que... tuvo su gracia. Él había nacido en Villagarcía.

Finalmente, no hubo efectos colaterales por su visita y al poco tiempo me lo encontré en su nuevo destino: ALDEST (Almirante del Estrecho). Los oficiales con mando le fuimos a saludar el día de su presentación y, según me vio, me dijo sonriente:

—Qué, Iglesias, ¿ya me conoces?

Tengo un gran recuerdo de Él como jefe y creo que él también lo tuvo de mí como subordinado, pues me dio una medalla por mi mando. Aprovecho este relato para dedicar esa medalla a toda mi dotación. ¡Qué tipos más estupendos los del CASTOR y demás gentes hidrográficas!

Y aquí acabaría la historia, si no fuera porque además le tengo que agradecer al Almirante su ayuda posterior en un mal momento personal que sufrí. Eso distingue a los buenos jefes, y él lo fue.

El almirante Francisco Rapallo Comendador murió por COVID. DEP.

Muchas gracias, Almirante.

EUGENIA

Sale el sol, Eugenia se levanta. Así, sin mucho entusiasmo, como siempre.

En invierno lo hace para ir al campo a trabajar, para tender la colada en el río, para dar de comer a las gallinas y al cerdo también, aunque este año apenas engorda.

En verano lo hace para cuidar la casa. La suya propia no, que ya está bien cuidada, sino esa casa de los señores, que vienen al campo a descansar en la época estival. Es curioso lo que hacen los forasteros en verano. Debe ser bueno tener dinero. Ya quisiera ella hacer algo parecido, pero si bien tiene ganas, le faltan billetes.

Así era un verano cualquiera, en ese pueblo de Ávila de aquel año de 1959. Sonaba la canción, «Luna de miel» de Gloria Lasso.

«Ya siempre unidos, ya siempre
Mi corazón con tu amor...»

Todo el día Eugenia en danza, de arriba para abajo, fregar y lavar. Poco tiempo libre que disfrutar y, encima, siempre viviendo en la crisis.

Esas fregonas pasadas con el calor del mediodía cuando los señores y sus hijos están en la piscina; esa cocina donde el calor aprieta, mitigando la sed a base de tragos del botijo. Por cierto: qué caprichosos son los dos hijos mayores de la familia. Unos maleducados que ni la saludan. Y para colmo, no les gustan las albóndigas. ¡Serán memos! Como si una albóndiga de Eugenia pudiera despreciarse.

Esos dos son idiotas, pero la más pequeña de la familia sí que merece la pena, esa sí. Tal vez la única razón por la que está a gusto sirviendo en la casa de los niños maleducados. Se llama Lucía.

No contenta con tenerla en casa, mientras trabaja de sol a sol, algunas veces, al finalizar la jornada, se la lleva por la tarde con ella. Por supuesto, con permiso previo de la histérica de la madre, que mientras tanto se va a jugar a las cartas con las amigas. Y, ya en el pueblo, enseña a Lucía las gallinas, y les ponen nombres a todas ellas, y van a visitar al cerdo, al señor Martín como le llama ella. Después la cuela por los recovecos del pueblo asistiendo a las tertulias, chocolates con churros y demás saraos. Para Eugenia, es la hija que nunca tuvo y lo demuestra con creces. Por ella merece la pena ponerse todos los días el delantal e incluso la cofia. Qué cruz lo de la cofia, pero está incluida en la paga.

Eugenia le enseñó a Lucía de todo un poco: la diferencia entre un castaño y un roble. En el río, lo que es un tritón, y por supuesto aprendió también cuando se pueden comer los higos. Juntas anduvieron por sendas y veredas y todos los veranos, al finalizar, elaboraban mermelada de moras. Qué rica.

Llegó el final de año y cada mochuelo estaba en su olivo. Los ricos en Madrid y los que no tenían tanto en el pueblo. Entonces pasaron los años… y así arrancó 1970. Todos lo celebraron. Unos en el pueblo y otros en Madrid. El hombre había llegado a la luna y debieron traerse a unos cuantos de allí, porque en la tierra proliferaban los lunáticos, como los hermanitos de Lucía. Ambos dos. Tal para cual.

Aquel fin de año todos brindaron por el nuevo año 1970. Bueno, lo celebraron casi todos, porque al Señor Martín, al cerdo, lo habían convertido hacía una década en ricos jamones y chorizos y no se sumó a los festejos. Eugenia nunca se lo diría a Lucía.

En ese verano sonaba la canción «Gwendolyne», de Julio Iglesias, pero en aquella casa, la casa de los niños maleducados, no sonaba ninguna música ni gaita, pues el silencio se había apoderado de los rincones y en el porche reinaba la tristeza. ¿Qué sucedía?...

Lucía languidecía con apenas dieciseis años.

Mira que el amor puede hacer daño, pero a Lucía la maltrataba todavía más. La asfixiaba. No sé si existe lo de morirse de amor, pero ella se moría lentamente. Literalmente. Así fue como llegó al pueblo la niña a finales de junio.

No quedaba nada de la Lucía que conoció Eugenia y que año tras año se había convertido en un proyecto de mujer. Era un trapo que deambulaba por la casa, con la depresión por montera y la tristeza de cabecera. Daba lástima. Qué crudo es a veces el amor.

Los mejores psiquiatras la habían tratado, probó las mejores medicinas, pero no salía de su mutismo, y es que aquel joven apuesto con el que salía, de nombre Carlitos y todo un pretendiente, de buenas a primeras la abandonó por una de sus mejores amigas. Tener amigas para esto, pensaba Eugenia. Mientras tanto la madre no paraba de jugar a los naipes. Era ya toda una profesional de la baraja.

Eugenia no era sabia, pero sabía mucho de la vida y le faltó tiempo para dedicarse a Lucía, su Lucía. Y, mientras tanto, la niña se dejaba hacer. Estaba falta de cariño. Creo que todos sabemos de qué estamos hablando.

Fueron entonces a pescar cangrejos en el río, y atraparon muchos. Le enseñó a hacer gazpacho, paellas y ese bacalao tan rico que a ella le encantaba; se la llevó de nuevo por el pueblo a comer aquel chocolate maravilloso y un día, al cabo de pocas semanas, cuando ella mejoraba, la miró y simplemente le dijo:

Ahora escucha Lucía: «agua pasada no mueve molino. Venga... a vivir que son dos días».

Y Lucía sanó. Llamó a Carlitos y a su amiga y fue muy breve: les dijo pocas palabras: «que os den morcillas».

Todo esto recuerdan entre risas Eugenia y Lucía cuando esta la va a visitar con su marido todas las semanas a la residencia de ancianos, donde afortunadamente Eugenia ya no tiene que limpiar. Eso sí: echa de menos el pueblo, ese pueblo donde los tritones surcaban las pozas.

LA METAMORFOSIS DE KUKY MONTESINOS

Se miró al espejo de nuevo, y lo comprobó por tercera vez: si movía un brazo, entonces su reflejo se movía igualmente; si guiñaba un ojo, su imagen le devolvía el guiño. No había duda: todo era real. Pero la persona que veía reflejada era completamente diferente, para nada se parecía a ella. ¿Le pasó algo parecido a Dorian Gray y su retrato? Era todo increíble.

El espejo le mostraba que era muy distinta, tremendamente más fea que antes de acostarse. De sus detalles varios de belleza, que ella sin duda poseía, no quedaba nada, absolutamente nada. Fue entonces cuando, confundida, viendo aquella imagen que no conocía para nada frente al espejo, exclamó:

—«Pero esto, ¿qué coño es?».

En el aparador, delante del espejo, descubrió una nota, pequeña pero visible, como si alguien la hubiese dejado allí por casualidad. Pero aquella mañana, casualidades más bien pocas. En la nota ponía una frase escueta:

«Relájate. Haz sonar la campanilla y sobre todo no te preocupes».

¿Campanilla?, pero... ¿De qué campanilla le hablaban, si ella no tenía? Tuvo que entrar en el cuarto de baño, para poder descubrirla. Una campanilla de oro o material similar. Le dieron ganas de tirarla a la papelera, pero volvió al cuarto y la hizo sonar. ¿Qué sería este juego?

Apareció entonces un mayordomo elegantemente vestido que se dirigió a ella en un correcto francés y le ofreció:

—*Bonjour madame*. El desayuno está puesto y como siempre con abundante fruta. Las fresas parecen exquisitas.

Ella iba a decir algo, pero el mayordomo se marchó por donde había venido sin darle opción. Entonces exclamó por segunda vez:

—«Insisto. Esto... ¿Qué coño es?».

Se quitó el camisón y se vistió con aquella ropa que no era la suya pero que le venía la mar de bien. Abrió lentamente la puerta del salón. No, ella nunca jamás tuvo mayordomo, es más, en su casa sólo habitaba su querido gato. Podía haber sucedido que su mascota se convirtiera en mayordomo. Qué locura... ¿Podía ser todo esto obra de su ex? Su ex era idiota, entre otras cosas, pero no hacía magia.

Allí estaba el desayuno perfectamente puesto, en vajilla de plata y su colacao preparado como a ella le gustaba. Podía haber hecho miles de cosas, pero no se le ocurrió nada mejor que sentarse y probar. Tenía hambre.

El *croissant* calentito, el zumo de naranja exquisito, una palmerita de chocolate... entonces exclamó:

—Estaré horrible y no sé qué demonios pasa, pero este *croissant* está genial.

Después de tan tremenda frase, se quedó mejor, aliviada. Y se percató de que tenía preparada la prensa junto al desayuno, dos periódicos nada más y nada menos. Del día de hoy, por supuesto.

Se puso a leer los titulares, y entonces se dio perfecta cuenta. «Hoy, 9 de junio, se celebrarán las elecciones europeas. Europa se la juega en las urnas».

Y se acordó de que era miembro de una mesa electoral. Y toda esta historia del mayordomo y la campanilla fue lo que ella le contó, sin un ápice de exageración, algo más tarde, a eso de las ocho de la mañana, a los miembros de la junta electoral, para ver si todo aquello del espejo y desayuno riquísimo era eximente para eludir la mesa electoral.

Pero se lo repitieron una y otra vez, por activa y por pasiva: si su gato es el mayordomo, nos parece todo muy bien, incluso tiene su lógica, afirmaron, pero sigue siendo presidente de la mesa y no hay Dios ni gato que le libre de ello. Esa milonga no cuela.

Ella, atribulada, se sentó en su mesa electoral y comenzaron así las votaciones. Cuando volviera a casa buscaría la campanilla de los misteriosos desayunos con ricos *croissants*. Qué cruz Maryluz, ser miembro de una mesa electoral. Deberían pagar más.

¡¡¡Suerte Europa!!! (y no votar a quien no se deba votar).

EL PIRATA COBARDICA

Soy pirata, para mi desgracia.

Podría haber sido sastre, o buhonero por el mundo entero, pero no pudo ser. Y, sin lugar a duda, soy diferente a los otros piratas del gremio. Muy diferente.

Mi abuelo fue pirata y de los más sanguinarios; mi padre le siguió en el oficio y yo no les iba a llevar la contraria.

Esto de tener que seguir la tradición familiar me afecta sobremanera, porque yo realmente... a mí me hubiese gustado ser escritor, pero aquí me encuentro bajo la bandera de la calavera negra y asesinando a diestro y siniestro. ¡Con lo fastidioso que es torturar a un prisionero y luego abrirle en canal! Sus gritos me descomponen.

Y encima, además de no gustarme eso de ir arrasando y destrozando por aquí y por allá, lo que es peor es que me caracterizo por ser un cobarde integral. De hecho, la gente de mi dotación me llama «El cobardica».

En cierta ocasión me tocaba la guardia de mar subido en los palos, en la cofa exactamente, y divisé un galeón francés en el horizonte. Tenía buena pinta, hubiera sido una presa excelente, pero para no alertar a la dotación y que reaccionásemos como es habitual, con disparos de cañones, arcabuces y pistolas y toda esa algarabía que nos caracteriza, me callé cual monje. Miré para otro lado, y no di la voz de alarma. Porque con tal de no entablar combate soy capaz de todo. Mis compañeros no se dieron cuenta y nos pasamos navegando por el mar de los Sargazos un mes entero, más o menos, sin divisar ni una presa más. Qué felicidad: sin entablar combate alguno.

¿Combate? El idiota de mi compañero que tiene un garfio como mano y responde al nombre de «manopincho» va diciendo por ahí:

«El combate, el mal aliento combate».

Majaderías. El combate es atroz, despiadado, brutal. Y yo no estoy hecho para esos menesteres. A mis cincuenta y dos años estoy deseando que me jubilen de una vez e irme a la isla del tesoro a descansar, que ya no quiero mancharme más las manos de sangre.

Porque la Isla del tesoro existe.

Vaya que si existe. Más de una vez hemos fondeado allí y desembarcamos en tierra para hacer la aguada. ¡Unos manantiales maravillosos! y hay, bueno... había, incluso un poblado de gente muy acogedora y que potenciaban el turismo de la isla. Con carteles como aquel:

«Tú y tu loro, venid a la isla del tesoro».

Slogans inapropiados. Aquello era demasiado, un insulto con tanto *marketing* barato: los tuvimos que matar a todos. Y lo hicimos en nombre de Isabel, nuestra reina, que está por allá por Europa. Aquellos pobres desgraciados, antes de morir, fueron obligados a entonar aquella bella canción de:

«Que bien, que bien, hoy comemos con Isabel».

La reina estaría muy orgullosa de aquel canto de despedida. Porque morir, lo que se dice morir, murieron todos, pero murieron contentos sin muchas amputaciones ni ese arrancar los ojos que tanto nos encanta. Todo eso me lo contaron porque yo, para no sufrir con estos disparates, me fui a dar una vuelta por la playa. Y es que soy un cobardica. Lo reconozco.

Y lo peor fue el ataque que hicimos al poblado español de la costa. Una aldea apetecible. Alegué que me dolía la cabeza y que el Ibuprofeno y el Gelocatil no me hacían efecto alguno, y que, por lo tanto, no podía embarcarme en los botes. Me llamaron de todo, eso sí, pero para allá que se fueron con sus pistolas y arcabuces. Volvieron escaldados tras un intenso combate donde los españoles les rechazaron. A partir de ahí en lugar de llamarme el cobardica, me comenzaron a llamar «El gelocatil». Qué cosas.

Tras varias renuncias a empuñar el arma, a cortar narices y orejas de prisioneros y mucho menos a llevar el loro en el hombro, el capitán del barco, John el siniestro, me aconsejó que, aprovechando nuestro paso por la isla de las tortugas, visitase al psiquiatra que allí habitaba, que no perdía nada, pero que posiblemente lo mío tuviese cura. Y lo visité.

Le comenté que ya no me decía nada escuchar los gritos de los prisioneros torturados, y que incluso comenzaba a barruntar la palabra «clemencia» en la mayoría de las ocasiones. A saber, dónde había aprendido aquella palabreja.

No se lo podía creer. Se echó las manos a la cabeza y me preguntó si no sentía nada al darle patadas a los niños y las mujeres hasta que muriesen.

Le dije que no. Seguí hablando de clemencia.

Me contó que nunca en la vida había tenido un caso parecido, que los piratas de su majestad no podían ir así por la vida. Así que, sin pensarlo mucho, me dio la baja.

Y así estoy. De baja mientras llega mi jubilación. Vivo tan contento en un pequeño poblado español al que curiosamente asolamos en tres o cuatro ocasiones. Eso sí: vivo feliz escribiendo, porque al final me he hecho escritor y relato, con conocimiento de causa, todo lo que se hizo en aquel barco pirata. Que fue una barbaridad y un estropicio. Y me refiero a todo lo acaecido allí, porque luego llegaran en un futuro no muy lejano, escritores, cineastas y cuentistas que alabaran a los piratas, sus vidas y sus obras, sus aventuras y sus amoríos. Yo simplemente quiero decir que los piratas fueron, en su gran mayoría, unos terribles asesinos que destrozaron muchas vidas. Pero...

«Que bien, que bien, hoy comemos con Isabel».

ASÍ PODRÍA SER UN BUEN DÍA EN MI VIDA

Me despierto a las nueve de la mañana, durmiendo casi dos horas más que un día cualquiera. Ana se encuentra a mi lado y sigue durmiendo. Se acaba de jubilar, está pletórica y duerme como una marmota. Me levanto y es de agradecer que no me duele nada. Ni física, ni psíquicamente. Hoy puede ser un gran día.

Desayuno un café recién hecho, un buen zumo de naranja y esas tostadas con mantequilla que tanto me gustan. Mientras, por la tele, anuncian a bombo y platillo el fin de la guerra de Ucrania y Gaza. Trump se convierte en monje y se aísla en un monasterio. A continuación, informan de que la capacidad de agua de los pantanos ha alcanzado el 100% y, entre otras noticias, citan que el gobierno, como medida para bajar el IPC anual, decreta la bajada irrevocable del precio del pan, de la cerveza y de los torreznos. Por toda España hay manifestaciones festejándolo, e incluso a estas horas tan intempestivas se suman miembros de la oposición a dichas manifestaciones. Nunca en la historia de España un gobierno tuvo tantos apoyos.

Es de destacar que durante el desayuno no he tomado ninguna pastilla porque el médico me ha suprimido todas ellas a consecuencia de mi magnífico estado de salud. «Estás hecho un chaval», me dijo el galeno.

Hace un día de sol espléndido, pero no asfixiante. Salgo andando a comprar el pan, un buen vino y poca cosa más. Una tarta también, de Mercadona, que viene gente a comer a casa.

Preparo la comida para ocho personas. Número ideal de comensales. Hago unas almejas a la marinera, de esas grandes, del pueblo gallego de Carril. Caras, pero exquisitas. También aguacate con langostinos de primero. De plato principal, un arrocito al horno, que hace Ana. De postre trufas rellenas de nata de la pastelería Mallorca, además de la tarta que compré.

Finalizada la preparación de la comida, Ana y yo bajamos a la piscina de la urba y nos pegamos un baño. La piscina no es de cloro, sino de agua salina. Hay también vecinos conocidos. Amigos todos. Los típicos «tontitos de la urba», esos que siempre hay, tienen prohibido el baño ese día. Nado unos veinte largos y disfruto recreándome en el agua. Luego, hablo por teléfono con algún hermano o conocido. Charlamos de viajes, de planes, de tonterías. Me pregunta si es cierto que ya he vendido diez mil ejemplares de mi última novela y se lo confirmo.

Subimos a casa y preparamos la mesa. Llegan los invitados. Servimos cervecita en jarras recién sacadas del congelador. Da comienzo el aperitivo. A continuación, nos sentamos a comer. Charlamos y nos reímos. Bea y Begoña me comentan que me encuentran menos gordo y lo agradezco deveras mientras mojo pan en la salsa de las almejas. Mi endocrina me felicitará, como siempre.

Afortunadamente, los comensales no son pesados, y a las cuatro de la tarde se van tan contentos de casa para que yo pueda echar la siesta.

Antes, leo en la cama unas páginas de una novela que me está enganchando un montonazo.

A las 17:30 me despierta Ana y lo hace con cariño, con mucho cariño (dejo en manos del lector la interpretación de este concepto de «con cariño»).

Por la tarde damos un paseo por San Sebastián de los Reyes, nuestro pueblo, de corta duración, para estirar las piernas. Ya en casa, a las 18:30, pongo en la radio un programa deportivo de los muchos que hay. La quiniela ha comenzado bien. Radio, ordenador, quiniela... todo el despliegue. Afortunadamente, todos los partidos que no se jugaron el sábado se juegan hoy domingo. No hay ningún partido el lunes, ni siquiera el pleno al 15, así que tengo quiniela dominical con ilusión a raudales. Los locutores están pletóricos y entusiasmados con este domingo radiofónico.

A las 20:30 estoy muy esperanzado porque la quiniela va francamente bien. A falta de dos partidos, a las 21:00 horas, voy camino de acertar los 14 resultados. Pero ahora dejo de escuchar la radio y me centro en otras cosas.

Así, a las 20:30, Ana y yo nos ponemos una serie de la tele. Una serie genial, que nos tiene enganchados. En ella triunfa el amor y también la bondad. Como «la casa de la pradera» pero más brutal, con asesinatos múltiples y corrupciones por doquier. La protagonista es María Hervás. Vemos la serie y con los gatitos deambulando por el salón. No suenan los móviles, afortunadamente.

Finalizada la serie, hablo por teléfono con otro hermano, familiar o amigo. Esta vez hablamos de comidas y de próximas reuniones a celebrar. Comentamos las ganas que tenemos de estar juntos de nuevo. En el palique me recuerda una vez más la frase «a vivir, que son dos días». Le haré caso.

A las 21:30, lleno de ilusión, todas mis expectativas se cumplen y a falta de esos dos partidos voy camino de ganar una pasta con la quiniela. Ceno en la cocina, con Ana, un bocadillo pequeñito de anchoas con una cerveza y fruta mientras vemos una entrevista a una famosa jubilada interesantísima porque dice que lo que mueve la vida es la ilusión y ella a su edad la tiene a raudales.

Se confirma: finalizada la quiniela, acierto 13 resultados y me pagarán unos 2367 euros. Podré celebrarlo con Ana, cenando en algún sitio que le guste. Son las 22:50 de la noche.

Antes de acostarme, me siento delante del ordenador y escribo un relato para mis alumnos del taller de literatura de la Cruz Roja. Creo que me queda muy bien, estoy seguro de que les encantará.

A la hora de acostarnos me peso y he adelgazado 1 kg durante el día. Volvemos a enganchar las novelas y a dormir plácidamente en espera de otro buen día. Y lo haremos, naturalmente, llenos de ilusión porque efectivamente la vida es ilusión y de ilusión se vive.

Nota: Este relato, como muy bien habrás adivinado, tiene un fallo. Efectivamente, Mercadona no abre los domingos.

LA ENFERMERA BARTUAL

—¿No se te olvida algo?

—Creo que no, Mabel. Y eso que últimamente se me olvidan ciertas cosas.

—Te olvidas de la sonrisa. No sé, tal vez te la robaron en el metro.

Mi compañera Mabel tenía razón: acababa de llegar al hospital y mi sonrisa languidecía.

Un hijo adolescente siempre incomprendido, mi madre que poquito a poco agonizaba, un marido infiel que me había dejado hacía pocos días porque decía que ya no me quería, y un dolor de cabeza considerable. Por lo demás: todo bien.

Y, pese a todo, allí seguía yo. «La enfermera Luisa Bartual, la más alegre del hospital».

Menudita y poquita cosa para algunos. De risa fácil y resolutiva para los más.

Pero todos tenemos épocas malas. Me sucedía como a esos artistas que tienen que actuar a pesar de encontrarse perjudicados: salen al escenario, se transforman, intentan triunfar ante su público y... lo logran.

07:45 Qué difícil es a veces ser enfermera, qué difícil a veces ser mujer. Mientras, pese a lo temprano del día, mi hijo continuaba llamándome al móvil por insignificancias. Me agobiaba con sus llamadas, planteando mil problemas que yo nunca conseguía resolver. Llegué a cuestionarme la maternidad, pero sólo un ratito.

Así que yo (la madre sufrida, la posible huérfana, y la mujer abandonada por su pareja) me transformaba en «la enfermera Bartual, la más alegre del hospital». Es difícil de explicar.

07:55 horas. Comenzaba la función. Primer acto, en la habitación 201.

—¿Cómo está hoy el mejor escritor que vieron los tiempos?

—Genial, como el fénix de los ingenios. Por la noche no he pegado ni ojo, porque he comenzado a escribir mi gran novela, mi obra maestra.

—Fernando, ¡qué bien! ¡cuánto me alegro! Sin duda lo será. Pero para obra cumbre sus hijos. Hay que ver cómo le cuidan.

—¿Acaso ves ahora alguno de ellos por la habitación? No, y no se esconden. Me han abandonado, sólo quieren la herencia. Por eso, de vez en cuando, se dejan caer por aquí. He criado buitres en lugar de hijos. Al acostarme me tengo que limpiar alguna pluma pegada a mi ropa.

—No diga eso, por favor, que todos le queremos. Escriba, escriba, que estoy deseando leer esa gran novela.

—Si llego a terminarla. Es lo que tiene ser enfermo terminal, valga la redundancia.

—La acabará. Y el día de la presentación será un día grande. El gran escritor Fernando Quiñones vuelve a levantar pasiones. Ya lo estoy viendo.

Le lancé un beso y me fui de la habitación. Sí, le quedaban pocos meses de vida. Y con la ilusión a flor de piel. Cuántas cosas había que aprender.

Conseguida la sonrisa de Fernando, me dirigí a la habitación de Eva. Eva era distinta. Nunca hay dos enfermos iguales.

En la habitación no había libro alguno que escribir, ni que leer, no había palabra que pronunciar, ni cuchara que llevar a la boca. Un «vegetal» se movía más que esta enferma. Tan sólo se escuchaba una monótona letanía:

«Ay, ay, ay…».

Me limité a cogerle de la mano y acariciarla. No pretendía más.

Ella simplemente me miró, juro que lo hizo, y dejó adivinar una sonrisa. Aquello fue suficiente.

Tal vez nuestro idilio duró unos minutos. Y la dejé con su letanía, otras habitaciones me necesitaban. Hay veces que sobran las palabras. Con una simple caricia…

Fui recorriendo diversas habitaciones, hasta que entré en la última, la 266, la habitación de Concha. Allí había un problema. Abrí la puerta…

—Te estaba esperando. Te vuelvo a decir que no —me dijo ella.

—No es lo que digas o dejes de decir. Te tienes que ir, aunque no quieras, por favor —supliqué.

—Pues no me iré. Llamad a la policía si queréis.

Cabezona como la que más. A sus ochenta y seis años.

—Milagrosamente te han dado el alta médica. Ya no puedes estar aquí. Tienes que volver a casa.

—¿A dónde? ¿Tengo que volver a esa casa solitaria, encerrada, a sufrir mi soledad? ¿Sabes lo que significa eso? Horas y horas sin ver a nadie, sintiendo mi vida como una losa, sin poder ni saber querer. Me quedo.

—Bueno. Tal vez estás pidiendo a gritos una residencia. ¿Por qué no pruebas?

—Con lo caras que son, ni hablar —contestó Concha.

Tras muchas peticiones, negativas, reconsideraciones y súplicas, finalmente Concha cedió a mis deseos. Se marcharía. Yo le prometí visitarla, y lo haría porque me necesitaba, no como el pesado de mi hijo que seguía llamando mientras aseguraba que su problema era el más grande de la humanidad, no como los míos. El chaval se había quedado sin dinero...

Me quedaba todavía el resto del día en el hospital, un día más. Donde ahogaría mis problemas con el trabajo y seguiría siendo «la enfermera Bartual, la más alegre del hospital». Pero llevaba la procesión por dentro y, por la noche, me volverían las ganas de llorar. Lo haría como lo llevaba haciendo desde muchas noches atrás. Con la diferencia de que por la noche mi hijo dejaría de llamarme, prefería estar encerrado en su habitación conectado con sus amigos en lugar de consolar a la llorona de su madre. Con lo bueno que es saber consolar.

Pese a todo, lo importante es sentirse útil. Por eso sé que saldré adelante. Soy enfermera, pero para sanar el cuerpo hay que prestarle también atención al alma… Me llena de energía arrancar una sonrisa, ofrecer consuelo, cuidar a mis enfermos, escucharlos o simplemente sostener su mano entre las mías…. La lección más importante que he aprendido, como persona y como enfermera, es que hay que sentirse útil y tener ilusión. Ese es el secreto de la vida.

Qué difícil es a veces ser mujer, pero sin embargo, y a pesar de todo, merece la pena intentarlo.

LA AZAFATA ASESINA

Nervios.

Como siempre, sentía muchos nervios antes de embarcar en el avión y eso que me había tomado un par de «Lexatines». Me habían hecho el mismo efecto que si me hubiese comido un par de albóndigas. Ojalá existiera un tren que uniese Madrid con Palma de Mallorca y no esto del avioncito.

Se me notaba descaradamente la angustia: me comía una y otra vez los pellejitos de los dedos de la mano próximos a las uñas, guardaba silencio y padecía esa sensación continúa de ganas de hacer pis. Mi mujer me reprendió:

—Déjate los pellejitos en paz, Juan Luis, que te vas a quedar sin dedos.

En el aeropuerto todo me fue adverso: se me cayeron los pantalones al pasar el control policial cuando me quité el cinturón; nuestro vuelo no aparecía en la pantalla de información y había un gordo inmenso que hablaba muy alto y que me temía que se sentase a mi lado, como finalmente sucedió. No, no estaba muy a gusto en la cola, a punto de embarcar.

Fue entonces, en ese momento, cuando el señor que estaba delante nuestro en la fila formada nos preguntó:

—¿Es la primera vez que viajan con las líneas aéreas TVAE?

—Sí, —mi mujer y yo contestamos a la vez—. Es asombroso lo barato del billete. Por cierto… ¿Qué significarán esas siglas?

—¿De verdad que no lo saben? Esas siglas son de «Te Vas A Enterar». Las líneas aéreas más baratas del mundo mundial. Ya verán, ya verán. No tienen desperdicio.

Nos quedamos algo preocupados, la verdad, pero la cola siguió avanzando hasta que de repente paró en seco. Dos hombres forzudos, de esos con los que nunca hay que meterse en líos, se llevaron sin contemplaciones, entre gritos, a uno que estaba embarcando diez metros por delante nuestro. De nuevo, el señor de la cola nos lo aclaró:

—Claro. Se lo tiene bien merecido. Llevaba sobrepeso.

—Pero… ¿Se lo llevan a la fuerza de aquí? —pregunté yo, sorprendido.

—Y que se dé con un canto en los dientes si no le rompen la cara. TVAE es muy estricta en ese sentido.

La cola siguió avanzando lentamente hasta que conseguimos llegar al control de embarque, donde la azafata de tierra se dirigió a nosotros, muy amablemente, y aunque parezca mentira, nos soltó:

—Por si es de su interés… En el vuelo de Barcelona, de hace dos días, arrojaron a dos pasajeros desde diez mil metros. de altura. ¿Qué hicieron? Delinquieron gravemente, pues no compraron absolutamente nada en el avión, ni siquiera los boletos de la rifa. Ahí lo dejo. En cualquier caso, que tengan un buen vuelo con TVAE.

No dijimos nada, aunque comenzábamos a estar algo incómodos. De lo que estábamos seguros es que, al menos, compraríamos una Coca-Cola, o incluso dos. Por fin, entramos en el avión.

La gente comenzó a meter las maletas en los compartimentos correspondientes, hasta que de repente...

—Pero bueno... ¿Qué hace este bolso aquí? ¿Y ese abrigo estrujado entre las maletas? —preguntó una azafata rubia, indignada, mientras señalaba a los compartimentos superiores, destinados exclusivamente a las maletas de mano.

Tal era su tono, que nadie levantó la mano, hasta que una pasajera, algo temerosa, se decidió a hacerlo.

—Es mío, pero... ha sido sin querer. Yo creía...

—Yo creía, yo creía... —dijo la misma azafata, mientras desaparecía de la escena, y esquivando a unos y otros pasajeros se fue en dirección a la cabina.

Cuesta creerlo, pero el caso es que la condenada volvió armada con un hacha. Sí, un hacha de esas de los leñadores. Todos nos quedamos helados.

—¡¡¡Un bolso en los compartimentos superiores!!! ¡A dónde iremos a parar! Y según dijo esto, arrambló con la mano izquierda el hacha (todos supusimos desde ese momento que era zurda) y le asestó un tremendo golpe en la cabeza a la señora del bolso. Literalmente le cortó la cabeza de cuajo. Así, sin más.

Todos los pasajeros nos quedamos sin habla e incluso alguno comenzó a sollozar.

Bueno, un niño cercano a la escena soltó para que todos lo oyeran:

—¡Mami, mami: como en las pelis!

—Calla hijo, coge esta toallita y límpiate la sangre que te has puesto perdido —le contestó la madre.

Le faltó tiempo al resto del pasaje para bajar de los compartimentos de arriba todo, absolutamente todo. No queríamos más hachazos. Fue entonces cuando la azafata rubia soltó aquello de…

—Señoras y señores, me guardo el hacha para cuando pasemos el carrito con la venta a bordo. Por mis muertos que en este vuelo vendo hasta la colonia caducada.

Nos sentamos entonces todos, dispuestos a volar. Se respiraba cierta tensión en el ambiente. No sé cómo explicarlo.

Jamás en la vida he visto que se le hiciese mayor caso a una azafata en las explicaciones de seguridad previas al vuelo. Antes ya habían recogido, como si no tuviera mayor importancia, el cadáver descuartizado de la pobre señora del bolso, y poco después dos azafatas iniciaron las indicaciones de seguridad. ¡Qué silencio, qué atención prestada por todo el pasaje! Es más, hubo dos pasajeros que incluso hicieron preguntas sobre los salvavidas a la azafata asesina, como si les interesase muchísimo todo aquello, a lo que ella contestó muy gentilmente aclarando las dudas.

Tras aquellas preguntas, ella formuló la siguiente:

—Señoras y caballeros: a ver si han atendido. Entonces... ¿Cuántas salidas de emergencia he dicho que hay?

Menos mal que el interrogado acertó: cuatro, porque ella, de momento, no se desprendía del hacha y cada vez estaba de peores modos. En esos momentos no sabía a ciencia cierta si quería despegar o ya aterrizar tras el vuelo.

Mientras tanto, mi mujer me preguntaba continuamente por qué no habíamos ido a Valladolid en lugar de ir a las islas, que los de RENFE parecían más tranquilitos que esta energúmena.

A estas alturas, los comentarios a bordo ya eran variados. Los había que incluso defendían a la azafata rubia, que si seguramente llevaba muchas horas de vuelo, que tal vez su infancia fue cruel, que si no había derecho a poner los bolsos en la parte de arriba. Era curioso, pero ella iba teniendo poco a poco seguidores, escasos pero fervientes. Incluso decidieron entre ellos montar un grupo de *whatsapp* y hacerla viral. A ver cómo transcurría el vuelo que no había ni empezado. Me temía lo peor.

Ya todo el pasaje instalado a bordo. Bueno, menos la pasajera que estaba criando malvas, y fue entonces cuando nos habló el capitán. A ver si llegaba en algún momento la sensatez. Mi mujer y yo confiábamos en que aquel señor tan responsable pusiese un poco de cordura en todo aquel disparate.

—«Señores pasajeros: lamentamos el pequeño incidente del embarque, que desgraciadamente nos ha retrasado un poco, pero mi tripulación y yo, el Comandante Garrote, nos brindamos a atenderles en todo y les deseamos un feliz viaje. No dejen de comprar nuestros boletos para la rifa que pronto se celebrará y ojito, mucho ojito, al que no compre nada en la venta a bordo que, a Ingrid, nuestra azafata rubia, le hace mucha ilusión vender boletos».

Fue entonces cuando la azafata asesina descubrió que un pasajero no llevaba puesto el cinturón de seguridad. Pronto tomaron medidas. A este pobre desgraciado lo asfixiaron con una bolsa de plástico, lo dejaron muerto en el asiento, y luego lo desembarcaron. Sí, naturalmente, todo el mundo compró papeletas para la rifa. Mi mujer y yo compramos hasta cinco papeletas cada uno y creo que nos quedamos cortos. Ya no me comía los pellejitos, sino que ya sentado movía mis piernas sin parar, con un movimiento nervioso que no cesaba. Mi mujer fue muy sincera.

—Antes los pellejitos, y ahora las piernecitas. A ver si paras de una vez.

El avión entonces comenzó a moverse lentamente buscando la pista de despegue. Los pasajeros nos mirábamos preguntando qué sería lo siguiente.

Antes de despegar, el Comandante piloto se volvió a dirigir al pasaje:

—«Queridos pasajeros: ni que decir tiene lo que sucederá a todo aquel que se levante del asiento antes de que la luz del cinturón de seguridad se apague». Nuestra azafata Ingrid tiene instrucciones al respecto. Buen vuelo.

Por fin el avión cogió velocidad, enfiló la pista, y despegamos. Por supuesto, nadie osó levantarse del asiento. Había apuestas entre mi mujer y yo para ver quién sería el siguiente en palmarla. El gordo de mi lado tenía todas las papeletas, y no las de la rifa precisamente.

En el aire parecía como si se tranquilizase la cosa, pero nada más lejos de la realidad. El caso es que se formó una pequeña cola de gente que necesitaba ir al servicio. Ya digo, dos o tres personas, no más. Y eso no le gustó a la azafata asesina, que por el micrófono declaró:

—Esta multitud levantada ante los cuartos de baño incumple el artículo 640 b) de las normativas de vuelo comercial, que son muy claras al respecto. Vuelvan a su sitio ya. No es una recomendación, es una orden.

El servicio inmediatamente quedó vacío, excepto un muchacho que debía de ser de otro país y no se enteraba de la misa la mitad, un *guiri*. En cualquier caso, pagó caro su desconocimiento. Más le hubiese valido la pena haber aprendido mejor español en su Erasmus.

La azafata asesina junto a dos más de la tripulación, lo cogieron y primeramente le taparon la boca con cinta americana consiguiendo que dejase de chillar. Le ataron pies y manos y lo más increíble es que abrieron la puerta lateral de emergencia, pese a todo el aire que entraba, y lo tiraron allí mismito del avión. Mientras tanto, el Comandante piloto observaba allí mismo la escena con un vaso de *whisky* en la mano.

No surtió efecto el que un pasajero dijera anteriormente que aquello iba en contra de la convención de Ginebra y demás ciudades europeas.

La azafata asesina le contestó así.

—Calla, calla, y además de clase turista. Para Ginebra la que me beberé yo ahora para brindar con el Comandante de la nave. ¿Verdad, piloto mío?

Y dicho esto se arreó un gin-tonic que eso sí, tenía una pinta magnífica.

Comenzó así la venta a bordo. A ver qué nos deparaba.

Todo Dios compró. Que si una colonia, que si tabaco. Lo nunca visto en vuelo alguno. Es más, se les acabaron las existencias. Mi mujer y yo compramos incluso un reloj y eso que ambos ya teníamos uno. Sin embargo... el gordo de al lado nuestro no compró. No sabría decir si era un valiente, tal vez era sordo, o idiota. La respuesta de la azafata asesina no se dejó esperar.

—Qué... ¿Hoy no compramos nada?

—No gracias —respondió el señor—. Es que no me he traído la tarjeta —puntualizó como excusa.

Excusa imperdonable. A la azafata asesina le cambió la cara. Yo pensaba que se iba a por el hacha de nuevo, pero me sorprendió. Se ausentó sólo unos segundos y apareció con una escopeta con los cañones recortados. Era muy mona, la verdad, pero estos arranques, todo hay que decirlo, la afeaban bastante.

No le dio otra oportunidad. Le apuntó a los sesos con la escopeta y disparó a bocajarro el arma. Y allí, como si nada, ya nos habíamos acostumbrado. La gente estaba más pendiente del número que iba a salir en la tómbola que en aquellos sesos desparramados por el pasillo.

En seguida vinieron más azafatas y recogieron el cadáver como si fuese la cosa más natural del mundo. Yo, mientras tanto, ya no movía las piernas, sino movía todo mi cuerpo temblando sin parar. Mi mujer me advirtió:

—Deja ya de una vez de temblar, que mi Coca-Cola está a punto de derramarse con el temblequeo. Mejor, vete a los aseos y échate un poco de agua por la cara. A mí, en algunos casos me alivia bastante.

Apenas contamos un par de muertos más durante el vuelo: uno murió estrangulado, y muchos decían que con razón, porque no había puesto el móvil en modo avión y el otro lo hizo por un infarto cuando Ingrid simplemente le preguntó si estaba teniendo un buen vuelo. Algunos comenzaban a elogiar la actitud tan servicial y atenta de Ingrid.

El grupo de *whatsapp* «amigos de Ingrid» ganaba adeptos por momentos y comenzaban a planear hacerle a Ingrid una fiesta sorpresa en Palma, en concreto, en el Arenal.

Un flan, llegué hecho un flan a la Isla de Mallorca. Fue sin duda el peor vuelo de mi vida y encima, a pesar de haber comprado aquellas cinco papeletas, no nos tocó nada en aquella rifa. Todo había sido horrible, pero el Comandante Garrote estaba muy satisfecho porque el vuelo había durado cinco minutos menos de lo previsto, lo cual fue muy aplaudido tras su brillante aterrizaje.

Fue entonces cuando Ingrid nos pasó una encuesta sobre la bondad del vuelo, y que lo puntuáramos sin ningún tipo de coacción, y lo más curioso es que mi mujer y yo señalamos a todas las preguntas con la carita más sonriente de la encuesta aquella. Cualquiera decía otra cosa.

Ahora sabréis porque ya no volamos más con TVAE. Eso sí: a partir de aquel vuelo, compramos siempre en la venta a bordo no vaya a tener Ingrid amigas por otras compañías.

LA BODEGUILLA DE PIEDRALAVES

Corría el año 1977 y estaba de veraneo en Piedralaves (Ávila), mi querido pueblo.

Precioso pueblo cobijado por la Sierra de Gredos, donde el cochifrito y las patatas revolconas son siempre una delicia y donde ese bar, «La Bodeguilla», era lugar frecuentado por pandillas, lugareños, veraneantes y bebedores habituales (y sin habituar, que también los había) porque, entre otras cosas, era un excelente bar. Su terraza se asomaba a la garganta del «Nuño cojo», ese río donde en aquellos años convivían truchas y tritones, al borde del puente romano, en sus aguas turbulentas. Vaya, esto podría ser el título de una canción. Me refiero a ese dúo americano...

Me encontraba en aquel bar, como tantas tardes, reunido con la pandilla. Tocábamos la guitarra en la sala que llaman «el preso», curioso nombre debido a que hay un dibujo en la pared de un recluso entre rejas. Interpretaba la canción «Libertad sin ira», después de haber tocado alguna de Víctor Jara y, por supuesto, «Popotitos». «Popotitos no es un primor, pero baila que da pavor...».

Todo el mundo se sabía la canción «Libertad sin ira», todos cantaban aquello de «Libertad...y si no la hay sin duda la habrá». El año 77 era así. Hasta el preso entre rejas del dibujo parecía vociferar aquello. Todo era casi perfecto, pero... faltaba algo.

Entonces, entró ella... la que faltaba para bingo. Venía acompañada de Carlos. Otro más que quería ligársela. Estaba preciosa con su camiseta marinera y me miró con esa sonrisa que me fascinaba. Cristina era así.

Carlos, una vez finalizada la canción, me dijo que fuese con él a la barra, que me tenía que decir algo. Yo pensé que sería algo de Cristina, aunque estaba equivocado. Di el último trago a mi jarrita de vino embocado, típico de aquel lugar, dejé la guitarra y fui hasta la barra con él.

Carlos era el capitán del equipo de fútbol 5 de la pandilla. Cuando pidió para ambos una ración de jamón en la barra y comenzó a alabar mi forma de jugar al fútbol, comencé a sospechar algo. Según trajeron el jamón cortado, me lo dijo: no contaba conmigo para el torneo veraniego. Primera decepción de la tarde. Es lo que tiene jugar mal.

Sí, claro: él y yo bebimos cervezas para celebrarlo. No había nada que celebrar, pero lo hicimos. Después fue a sentarse con los demás y entonces vino Cristina. Todavía podía mejorar la tarde, pero no fue así. Todos podemos tener un mal día.

Con esa sonrisa que la caracterizaba, con ese cuerpazo que la identificaba, me lo soltó: que si quería una ración de queso. Hoy por lo visto todo Dios me invitaba. Me mosqueaba su actitud, sabéis perfectamente a qué me refiero.

Me dijo a continuación, así, de sopetón, que el siguiente finde venía su novio de Madrid a verla. Me quedé de piedra. ¿Sería posible que tuviera novio? ¿Desde cuándo? Era la primera noticia que tenía al respecto. Y yo haciéndome ilusiones. Ahora sí que me pedí otra jarra de embocado, pero de un litro. Es duro tener diecisiete años.

Ya nadie más me invitó. Después de aquellos dos noticiones se me hizo la vida cuesta arriba. Tenía dos opciones: o lamentarme todo el verano y llorar por las esquinas mi mala suerte, o bien… volver a coger la guitarra y ponerme de nuevo a cantar.

Ahora fui yo el que invitó a croquetas.

 «Si tu vida es una pesadilla, come las croquetas de la bodeguilla», les dije. Lo mejor de la tarde: exquisitas.

Cogí la guitarra y canté a la pandilla aquella canción que decía…

«Y tú que te creías el rey de todo el mundo, y tú que nunca fuiste...».

 y otras canciones más a medida que la gente se retiraba.

Por supuesto acabé la noche con mi amigo «el Negro» tomándome cubatas hasta la madrugada. Había sido un día para no repetir, pero francamente… qué buenas estaban las croquetas de jamón y… Cristina también, por supuesto, que buena estaba también ella. Seguí brindando por ella y por la Luna, que era llena.

¡POR DIOS! NO TIRAR LOS POSOS DE CAFÉ POR EL FREGADERO

Jurando bandera, en la ENM. 20 años y 64 kilos. Ahora es así como al revés: 64 años y 20 kilos (de barrigola).

¡Qué cosas! Toda la vida tirando los posos del café por el fregadero, y ahora resulta que no sólo no es beneficioso hacerlo, sino que además es dañino para las tuberías. Va a resultar que lo de llenar los desagües con los posos del café viene a ser como aquello de «me dicen los de cuarto que no les saludáis por la calle». Me explico...

Estaba en mi primer curso de la Escuela Naval Militar (ENM) de Aspirante y con toda la ilusión del mundo por ser un magnífico Oficial de Marina. A la hora de acostarte era típico que el brigadier de turno, dos o tres años mayor que tú y que mandaba un huevo, (la verdad, no sé por qué tenían tanto mando, disponiendo de tu existencia a su antojo) daba una charla a los agotados aspirantes ya en la cama. Era el famoso «*speech* (o espiche, como nosotros le llamábamos)».

En estos espiches, los primeros meses de vida militar, se nos hacía ver (y posiblemente con razón) lo mal que los aspirantes lo hacíamos todo, cual «recluta patoso». El brigadier dictaba normas y, finalmente, decidía convocar a los aspirantes que yacíamos en la cama con pijama y deseando dormir, con un rotundo «dentro de tres minutos en el patio con uniforme de faena y "chopo"» (el chopo era la escopeta de desfilar). Estas agradables frases eran acogidas por los aspirantes con alegría inusitada y enormes muestras de júbilo. Y, de esta manera, se iniciaba el maldito castigo de «correr una estrella» o «hacer checas».

«Correr una estrella» era correr por la noche en formación, durante treinta o cuarenta minutos, por toda la explanada de la Escuela, animados por las palabras cariñosas de los brigadieres: «corre más, no quiero ningún descolgado», «no pongas caras», «vete corriendo a torpedos tirándote cada tres pasos». Noches idílicas e inolvidables aquellas que vivíamos en aquel sistema que describo aquí tal cual era, sin exageraciones.

«Hacer checas» era sostener la escopeta de múltiples y muy variadas maneras, o hacer flexiones con ella, hasta que no podías más, bajo las palabras siempre atentas y alegres, de «Iglesias, más vertical» «Iglesias, siempre se puede». Me conmueve sólo con recordarlo. Era curioso, después del sudor de la carrera, no se pasaba por la ducha, sino que te ibas derecho a la camita. Ya ves tú, la cama caliente no es exclusiva de los submarinos o de las películas porno.

Pero al cabo de unos meses, los Aspirantes cumplían a la perfección las órdenes y las normas, e incluso se comenzaba a desfilar en formación de una manera razonable. Siempre había algún superior que pensaba que había que darnos una «inyección de moral» a esos alumnos, porque hacía tiempo que no se nos castigaba en conjunto, y el castigo colectivo debía ejemplarizar, según algunas fuentes. Era entonces cuando en el espiche, que generalmente con los meses había decaído en calidad, te decían aquello de «Y encima me dicen los de cuarto que ya no les saludáis por la calle».

Mentira atroz. El aspirante jamás se iba a complicar su existencia con el veterano de cuarto curso, pero daba igual... Hala... todos de nuevo a correr y a coger la escopeta. Con ello, castigar se castigaba, pero digamos que las razones dejaban de importarnos y así el «movimiento pasota» se infiltraba entre nuestras filas con un «Da lo mismo todo, nos pondrán a correr cuando les dé la gana». El «me la pela» ganaba adeptos.

Yo era pasota antes de entrar en la Escuela, lo reconozco. La transición, que me pilló con quince años, o incluso antes, me volvió pasota, pero creo que me volví más aún en la ENM y eso, sinceramente, no era lo que se pretendía por parte de la jerarquía.

Espero, confío y deseo que estos absurdos castigos hayan finalizado en la Escuela Naval Militar y otras academias militares y que de una vez por todas... los aspirantes ya saluden a los de cuarto por la calle.

Trolas y más trolas.

Algo parecido sucedió con el terrorífico y devastador «efecto 2000» al que todos, sin excepción, tuvimos la suerte de sobrevivir. Un milagro.

Yo creo que el oficial de marina, entre otras cosas, está para hacer correr al enemigo cuando se precise y no para salir corriendo a horas intempestivas por las explanadas de centros militares. Si ese tiempo dedicado al castigo colectivo lo hubieran empleado en darme clases de ajedrez, o incluso de punto o bricolaje, hubiéramos aprovechado mejor el tiempo. Es una opinión particular, claro. De un pasota.

Pero de un pasota, que siempre estará agradecido a la Armada. Porque luego llegó el buque escuela JSELCANO,

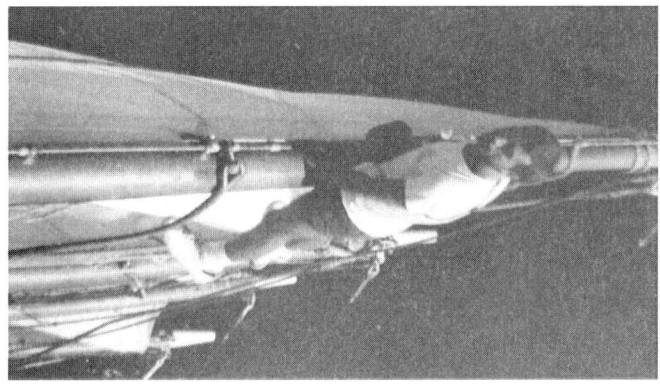

y después de eso vino la fantástica isla de Mallorca con sus «patitos». Por cierto, todavía hay gente que se pregunta por qué se dejó a un lado esa magnífica Base de Porto Pí.

Pues lo dicho, que no os cuenten mentiras, y haced lo que os dé la gana con los posos del café, que en la vida nos han contado demasiadas trolas.

Yo ahora, y no lo cuentes por ahí, los posos los esparzo por los areneros de los gatos, entre las mierdas y pises gatunos, y así hay menos tufillo. A ver si esto de los areneros se hace viral.

FELIZ NAVIDAD... Siempre.

Sonó el timbre del telefonillo. Me levanté del sofá, donde estaba agradablemente acurrucado con mi mantita. Cogí el bastón y me encaminé a la puerta, con paso torpe y esa lentitud que me caracteriza. Pregunté quién era. No, no era ningún familiar, era el repartidor de Amazon. Mis dos hijos daban habitualmente la dirección de mi casa, porque yo nunca me ausentaba. Cuarta decepción del día. Era 24 de diciembre, yo vivía solo. Se presentaba una cena de nochebuena en soledad.

La mesa ya estaba puesta. Todo perfectamente organizado. Sobre ese mantel navideño que a mi hermano Roberto, que en paz descanse, tanto le gustaba, se desplegaban los doce platos y doce cuencos de la vajilla cara, la de la cartuja de Sevilla, en la que salían carrozas de siglos pasados, la vajilla de las celebraciones. Puse música de villancicos para ambientar. Ya digo: todo un despliegue.

Había previsto una cena tradicional, con exquisiteces varias, que a mi hermana Lupe y a su marido les entusiasmaban. Lástima que ya no viviesen porque les hubiese encantado.

Todos habían fallecido: ella, Roberto, Lupe y el resto de mis hermanos con sus parejas. Diez ausencias en total. Sin contar a mi difunta esposa, que seguramente hubiese adornado la mesa de otra manera más navideña, con regalitos debajo de las servilletas. Era todo un poco triste, la verdad.

Pero así es la vida, solo los más pequeños de la familia, los de menor edad, como yo, llegan hasta el final o, a veces, también los que tienen más coraje para seguir viviendo. Once vidas sesgadas que antaño pululaban por la casa, once platos vacíos. Era una mesa silenciosa. De primero, consomé y de segundo, recuerdos. De postre silencio. Tal vez era un sentimental.

Faltaban todos ellos. Fallecieron en los últimos quince años, tras haber dado lo mejor. Bueno, lo mejor y lo peor, que hubo algún cuñado que se las traía. Pero era nochebuena y había que celebrarlo.

¿Y mis hijos, dónde andaban? Uno con los suegros y la otra haciendo turismo rural. Un turismo rural donde su padre no cabía, ni por asomo. Recoloqué mejor las copas de la mesa. Había previsto Albariño del bueno y, de tinto, «Finca Río Negro». Todo un derroche. Sonaba el villancico «El hijo de Dios». Esto de la navidad me superaba.

Doce platos vacíos. Bueno, once, porque el mío estaba lleno. Con ese consomé maravilloso como ya dije, fruto de la receta tradicional de mi madre; ibéricos espectaculares y langostinos de Sanlúcar e, incluso, una nécora, hembra, que me encantan. Y, para finalizar, un buen pavo relleno, naturalmente con su vasito de coñac. Soy buen cocinero, de los que antes de las comidas ve siempre a Arguiñano.

Para finalizar, ricos turrones de chocolate. Así iba a ser mi nochebuena. No hablaría con nadie, nadie me llamaría, nadie con quien brindar. Al menos no discutiría con nadie. Había preparado la mesa para doce, para inundar la casa con sus recuerdos.

Sí. Tal vez fuera el momento de plantear irme una residencia donde pasar el final de mis días, pero esta noche no era el momento. Andaba torpe, era bastante dependiente, se me olvidaban las cosas… pero esta noche no, no quería plantearme nada, tan solo quería estar con mis recuerdos, y once personas dan para mucho. Subí el volumen de los villancicos. Por cierto, con mi hermano Sebastián debí haberme llevado mejor.

No, no estaba siendo una nochebuena cualquiera, pero… estaba a gusto, muy a gusto, y con 88 años no se puede pedir más. No sabía qué me depararía el destino, pero en ese preciso momento, y con un turrón de Cádiz en la mano, entoné a todo pulmón el estribillo del villancico «El hijo de Dios»:

—«Para vivir hay razón».

Y me serví una copa de champán. Este día se lo merecía.

Hoy no tomaría las pastillas: el mazapán y las peladillas las suplían perfectamente. Feliz navidad.

Villancico «El hijo de Dios»:

https://www.youtube.com/watch?v=AVT7ghifeDs

EVARISTO

—Se llama Evaristo y te encantará... Estoy deseando que Pedro y tú lo conozcáis. Carolina, qué suerte he tenido en que se fijase en mí. Es un diamante en bruto.

—Cuchi... ¿Estás muy enamorada de ese bruto, digo... de ese diamante, ¿verdad? —le preguntó entonces su amiga Carolina.

—Enamorada es poco. Este sí que es el hombre de mi vida. Nada que ver con los anteriores. Me enloquece. Quedamos mañana en el restaurante «Bienmesabe» del Soto de la Moraleja, a las nueve. Ya verás cómo congeniáis en seguida.

Allí estábamos al día siguiente. Cuchi y el tal Evaristo sentados. ¿Sabes cuándo una persona ya no te cae bien nada más verla? Eso sucede a veces, y esta vez sucedió.

Evaristo no apretó mi mano al saludarme. Un detalle sin importancia, lo sé, pero era una mano fría, sin vida, como su cara. Sería muy mono, pero para mí que tenía cara de seta. De champiñón, en concreto. Bueno, con ajito me encanta, así que quizás se pudiera arreglar la velada.

Comenzamos a charlar. Le hice algunas preguntas, las clásicas, las típicas que haces cuando te presentan a alguien. Y me contestó con monosílabos, como si le importara un pepino mi interés, además de mi cuerpo serrano. No pretendía que se echase a mis brazos con lágrimas en los ojos ante mi pequeña encuesta, pero sí que mostrase algo de simpatía. Encima, no trató con demasiada educación al camarero cuando vino a preguntar por las bebidas. Le despreció, y eso a nadie gusta. Aquella cena no comenzaba muy bien.

Era lo que yo llamo una reunión «fuera de juego», y lo digo porque ni Dios me miraba, nadie me preguntaba, y Evaristo, el «champi pesado», no paraba de hablar, monopolizando la atención. Su conversación era aburrida como la que más, con dos adeptas incondicionales: Cuchi y Carolina. Pasaba del *paddle*, donde según él era un maestro, a su profesión: ingeniero, y se consideraba a sí mismo imprescindible en todo y para todos. Inaguantable.

Yo, me, mi, conmigo… decía, y a continuación conmigo, mi, me y yo... Era un monólogo insufrible. El «champi», como ya le había apodado, no soltó ni una parida en todo el rato y ni tampoco hizo pregunta alguna a nadie del grupo. Creo que sabéis a qué me refiero, porque estos champiñones abundan incluso fuera de temporada.

Pedimos lo que él quiso. Dijo que conocía aquel sitio (bueno, realmente conocía absolutamente todo y sabía de todo) y, sin consultar, pidió él las raciones que íbamos a tomar.

Todo lo más caro. Yo sugerí unas rabas con tomate de la carta, que me pareció un plato novedoso, y él se negó. Pidió lo que le dio la gana. Y continuó con su verborrea insoportable.

Con el vino, se excedió. Sin preguntarnos, pidió un magnífico Matarromera, bastante elevado de precio, no sé si porque era Ribera o más bien porque era el más caro. Y su novia, Cuchi, aplaudió su decisión. El amor, a veces, no hay quien lo entienda. Yo, mientras tanto, deseaba que llegasen los postres y hacía números, que estábamos a final de mes. No le soportaba.

¿Qué hacer ante estas situaciones? Pues lo que todos sabemos: sacar el móvil y mirar *Facebook*, levantarte a los aseos, pensar en la semana próxima y beber vino. Cuando vaciamos la primera botella, fui yo quien pidió la segunda... interrumpiendo la conversación. Qué valiente. Mi novia, Carolina, me preguntó:

—¿No será mucho vino? Estás bebiendo demasiado.

Fue la primera vez que se dirigió a mí en esa noche. Y la última.

La segunda botella me sentó bien. Nunca desprecies un rico champiñón al vino. No, no era al Oporto, era al Matarromera. Exquisito. Comencé a estar algo más cómodo.

Eso sí: no volví a intentar conversar con el «champi». Me puse a jugar con mi mente, y lo imaginé devorado por una jauría de perros, atacado por tiburones en el mar rojo, o aplastado por una grúa. En cualquier caso, lo liquidaba a las primeras de cambio. Sonrisas no, pero cierta cara de satisfacción comenzaba a dibujarse en mi rostro.

Finalizó la cena y, por supuesto, el prenda no invitó. No era de esos. Sin apenas despedirse, ni me miró para decir adiós.

Hubo, tras aquella cena, efectos colaterales, claro que los hubo: Carolina y yo terminamos. Ahora tengo una pareja con la que puedo conversar y es una delicia. Cuchi hace dos meses que se fue al Tibet una temporada, donde dice que hay más silencio. Y lo más curioso: ayer Evaristo fue asesinado en un restaurante por un comensal y nadie se lo explica. Lo llaman «el crimen del Matarromera».

Yo no he vuelto a pedir «Matarromera» en restaurante alguno. Sólo lo bebo en casa, una vez al año me abro una botella a la salud de aquella pandilla y os lo aseguro: encantado. Volví al restaurante «Bienmesabe» y probé las rabas con tomate: exquisitas.

Este relato no ha sido muy gracioso, lo sé. Seguramente, y aunque no haya sido ingeniero ni juegue al *paddle*, hayas tenido algún Evaristo en tu vida. Son muy peligrosos y no están en peligro de extinción (aún).

EL TOCAPELOTAS PAELLERO

—¿Acaso vas a echar los guisantes ahora? Desde luego no es lo que se debe de hacer, y sé de qué estoy hablando porque mis paellas…

Resignación. Nueva interrupción. Y ya iban tres.

¿De dónde saldrían los tipos así?

Yo había buscado la leña adecuada y también había preparado el fuego, que lleva su tiempo. Había comprado todos los ingredientes, uno por uno, llenando carritos del súper y cargando con ellos; también limpié la casa y adecenté el jardín. Y comencé a preparar la paella, mi paella…

Todo iba sobre ruedas, pero llegó aquel tipo con su birra en la mano, luciendo su barriga cervecera y dando lecciones a todo el personal. Si lo sé, hubiese encargado un pollo asado.

Aquel tipo no se separaba de mí en ningún momento. Qué cruz. Criticaba absolutamente todo sobre mi forma de preparar la paella. El clásico «tocapelotas paellero», de quien todos conocemos su forma de actuar. Seguro que a ese pesado lo había invitado mi suegra.

Puse a continuación el colorante.

—No sé para qué le echas ese colorante. Esos polvitos no saben a nada —musitó.

Aguanté el tipo, pero ya estaba muy caliente, lo reconozco. Me daban ganas de echarle el colorante por la cabeza, y estrujarle las ñoras por los ojos, pero proseguí con los preparativos. Había que dar de comer. Finalmente eché gambas y mejillones.

—Las mezclas me dan arcadas —espetó—. O vamos a setas o vamos a Rolex, pero nada de mezclas en la paella. Esa es mi norma. Porque así, sin duda, te estás cargando la paella. Mi forma de prepararla no tiene nada que ver con la tuya porque yo, para empezar…

Ya no pude más. Actué de repente, por instinto. Le tapé nariz y la boca con el paquete azul y blanco de arroz SOS vacío y, mientras se resistía, le clavé en la yugular una cáscara de mejillón partida con la que le terminé de asesinar.

Nadie tuvo nada que objetar. La gente seguía bebiendo sangría y, como si allí no hubiese pasado nada, preguntaban solamente si quedaba mucho para que saliera la paella, que ya tenían hambre.

Nunca me inculparon. Mi abogado alegó «defensa propia» y el juez, naturalmente, me dejó en libertad.

Ahora, pasado el tiempo, me dedico a preparar «arroz al horno» y es más tranquilito, pero por si acaso jamás me he desprendido de la cáscara partida de mejillón, porque muchos «tocapelotas paelleros» andan al acecho y son muy dañinos. Seguro que conoces a alguno.

EL FUTURO DE LA NATURALEZA

—¿Y dices que vives en la calle «Bosque calcinado»?

—Sí, allí mismo. Casi esquina con la calle «Desierto sin fin». Según veas diecisiete calaveras amontonadas, tuerces a mano derecha y en donde está el monumento al paraguas, allí mismo.

—Tendrás buenas vistas allí.

—Pues sí. Por eso escogimos aquella ruina. Mi hija Lolita, que es una ratita de armas tomar, cuando el calor da una tregua y baja a los 60 grados, dice que con ese fresquito tiene visiones y todo. Incluso dice que ve la mar.

—Qué disparate. ¡Sólo las ratas australianas tienen algo de mar!

—Ya, pero… con esa temperatura, Lolita se pone a alucinar. Ahora, con los 80 grados que padecemos habitualmente, cómo te diría yo: está como más estable. Tan sólo tiene visiones algún instante y es cuando nos dice que siente como si se pusiera a llover.

—¿Lluvia? ¡Pero si hace 124 años que no cae ni gota! Sólo falta que diga que ve un grifo echando agua. Debe estar fatal.

—Una lástima la ausencia de lluvia, pero gracias a ello los seres humanos dejaron de dar la tabarra por este mundo y las ratas victoriosas campeamos a nuestras anchas entre paisajes arrasados e inmundicias varias. Y es genial, pues en vez de tener móviles como los humanos, nos los comemos. Y qué ricos que están. Sobre todo, cuando le hincas el diente a la batería.

—Pues calla, que un político humano, de prometedora trayectoria, dejó escrito en el 2024 que el cambio climático era una falsedad, que no era para tanto, y que renegaba de esa teoría. Murió al poco de una insolación.

—Claro, y por eso ahora las ratas tenemos que llenar frasquitos con nuestras lágrimas, porque es la única humedad posible de que poder disfrutar en el mundo.

—Si los humanos llegan a hacer esto antes, otro gallo les hubiese cantado.

—Tal vez los humanos no sepan llorar. A mí me cuesta, pero lo consigo al pensar en la mierda en que se ha convertido el mundo. Un mundo que pudo haber sido genial.

—Seguramente. Venga, pasa tú ahora, que te toca llenar tu frasquito de lágrimas.

A LA RICA SETA…

Tenía que envenenar a mi marido, sí o sí, y hacerlo ya. ¡Tenía unas ganas locas de convertirme en viuda!

Nuestra relación comenzó hace años, con un romance envidiable. Yo le llamaba «mi amorcito sabrosón» y él me respondía «churri mía». Pero luego se retorcieron los sentimientos, los modos y las formas, su actitud cambió, y vinieron las quejas infundadas, los reproches diarios y esos detalles abominables que finalizaron en infidelidades por ambas partes. No sabría decir a ciencia cierta quién tenía los cuernos más grandes. Si él era ciervo, yo apuntaba a rinoceronte. Todo un zoológico, una fauna fantástica en casa.

Nuestra relación, día a día, se alimentaba con ese mutuo odio visceral que nos caracterizaba. Hablando de vísceras... Las mollejas, cocinadas de cualquier manera, era lo único que nos unía. Nos encantaban. Nada absolutamente del corazón, sino simplemente vísceras, y así es muy difícil la convivencia. No sé si me explico.

¿Y por qué entonces no nos separábamos? Por dinero, naturalmente. Sabéis perfectamente de qué estoy hablando.

Sin embargo, en un principio, nos decían aquello de…

«Vuestra relación es envidiable. Cristóbal y tú formáis una pareja única».

Sí, sí… pero la pareja envidiable se transformó en un suplicio interminable. Y así no se puede vivir.

¡Cómo cambian las cosas!… y no sería por mi actitud conciliadora. Mi marido era inaguantable, no hay que dar más explicaciones: maleducado, grosero y encima, lo peor es que se creía gracioso. Vamos, un Torrente de la vida.

Hablando de cosas graciosas, la gracia que le iba a hacer cuando se enterase que sus cenizas las iba a esparcir por el wáter del Tanatorio. Así, sin más. Tanta tontería con eso de esparcirlas por Finisterre en una noche de luna llena como deseaba él. Ya digo, su destino sería el wáter, a continuación, tirar de la cadena y llegar en un instante al mismísimo infierno. Pero… aún no lo había asesinado.

Ya en la cocina empecé con mi macabro plan: preparando los níscalos con rica salsita, los apetecibles boletus a la plancha, la lepiota empanada y… aquella *Amanita phalloides*, de una apariencia tan suculenta y que se la iba a pimplar él solito.

Lo fácil estaba hecho, sólo restaba que engullese la seta mortal y palmase. ¿Quién no ha cometido ese lamentable error de coger y comer una seta dañina? No creo que la policía investigase mucho. A ambos nos gustaba recoger setas en el otoño. Eso sí: cada uno por su cuenta, pero ambos acompañados: yo con mi amante y él, que estaba muy gordo, con su querido y diminuto perro «Arturito». El día menos pensado se iba a sentar encima de él y lo aplastaría.

¿Cómo darle de comer la seta asesina sin levantar sospechas? Muy sencillo, con mollejas. Preparé el guiso adecuado, que no le faltase el vinito blanco que a él le gustaba en los guisos, el famoso «Pescaito». Todo un manjar.

Así que nos sentamos los dos en la mesa, teniendo por testigos de nuestra unión esos cuatro platos de setas. La tele como fondo dando información política. Sí, claro: mi marido y yo militábamos en ideologías diferentes. Por supuesto que la mía era la correcta. En mi partido se practicaba la coherencia, la honradez y por supuesto emanaba siempre la verdad. Su partido, al contrario, desparramaba la mierda cual hipopótamo africano cagando en laguna del Serengueti. Creo que algo le comenté sobre este matiz. Su respuesta fue que a ver si ponían ya el tiempo. Iba a comenzar a llamarle «el borrascas».

Ante su extrañeza de tanta seta en el mes de marzo, le dije que las congeladas estaban de oferta, y que le iba a sorprender. Menuda sorpresa. ¡Una sorpresa de muerte!

Pero no siempre se desarrollan los acontecimientos como tenemos previsto.

Mierda.

Cinco minutos en la mesa y no se decidía a pillar del sabroso plato envenenado pese a mis continuos ofrecimientos. Estuve incluso simpática. Hay que ver lo que tienen que soportar algunos asesinos. Ni siquiera cuando le comenté que estaban diciendo que el Euribor bajaba y que eso se merecía una molleja, se decidió a pinchar del rico plato en cuestión. Qué tensión en el ambiente. Las mollejas aguardando. Me puse mientras a escribir un *WhatsApp* a mi amiga Maribel.

«A puntito de quedarme viuda, ya te contaré».

Y mientras tanto, el idiota de mi marido, siguió comiendo níscalos y más níscalos, sin probar las mollejas. Qué barbaridad. Qué ansia viva. El manual del «buen asesino» no sé qué aconseja en estas situaciones límites.

Fue entonces cuando exclamó como quien no quiere la cosa...

«Pues hoy... el caso es que no me apetece comer mollejas...».

Y… horror. A continuación, le puso dicho plato al perro.

Pobre perro. Arturito duró bien poco. Llevamos una semana de luto.

Y así continúa mi drama. Por cierto... ¿Sabéis de alguna manera convincente de asesinar a un marido gordo? Yo creo que le voy a clavar una lanza en un ojo, que lo he visto en una serie de Netflix, y da magníficos resultados, pero mientras tanto «el borrascas» y yo, entre molleja y molleja, seguimos viendo las noticias y por supuesto el tiempo. Bueno, a ver si llega de nuevo la época de setas y le pillo una nueva seta asesina, pero esta vez se la prepararé sin mollejas.

Sí, claro, lo ha hecho: se ha comprado otro perrito.

¿ES BUENO ESPERAR?

De chaval quería ser mayor. Qué gran incongruencia, pero esa era su querencia.

Detestaba el pantalón corto y siempre quería vestir el largo, como sus hermanos mayores, hasta que llegó un buen día que se lo probó. Y no sucedió nada nuevo. Su vida no se alteró, seguía siendo exactamente igual. Fue entonces cuando aprendió a tocar la guitarra.

No lo hacía mal, y comenzó a frecuentar la academia de música con la esperanza de llegar a ser toda una estrella. Craso error, las esperanzas y expectativas eran encomiables, pero se quedó en mero acompañante de las figuras del momento. De ahí no pasó. Fue ahí, tocando la guitarra, cuando conoció a Maruja. No era una preciosidad, excepto para él y eso era lo importante.

Pasó con ella, y no me equivoco en esta afirmación, la mejor noche de su vida. Lástima que el padre de Maruja era diplomático y la niña se fue al extranjero. Ella dijo al despedirse que le esperaría siempre. Así lo hizo él también. La distancia, a veces, no separa, sino une, le comentó la hija del diplomático.

Y pasaron los días, los meses, y los años. Lo que en un principio fue una llamada diaria apasionada entre ambos, se convirtió en semanal, para finalizar siendo mensual y gracias. Pero él la esperó. Dijo que lo haría y lo cumpliría.

Ahora, en la residencia de ancianos para solteros, todavía toca la guitarra mientras sigue mirando los *WhatsApp*, por si la hija del embajador todavía se acuerda de su cara, pero no recibe nada. Seguramente, piensa él, estará «fuera de cobertura», mientras comienza a dudar si no se equivocó durante toda su vida con tanta espera.

Moraleja: la vida no es para esperar, sino para vivirla. Carpe Diem.

EL GRAN PREMIO

Era la última vez que mezclaba cervezas con vino y luego añadía cubatas. Aunque, a decir verdad, esta no era la primera vez que lo pensaba. Promesas incumplidas, que se dice. En la política, me consta, saben de qué hablo.

El cumpleaños, en aquel bar, de mi amiga Luisa exigía cierta cordura y no era mi caso. Ella siempre me gustó, lo reconocía, pero nunca le dije nada. Hay que ver lo difícil que resulta amar a veces. Esos silencios que no sirven para nada y ahondan en la soledad.

Literalmente me arrastraba por las esquinas de aquel bar. ¿Ligar? No, nada, de eso nada. Descartada Luisa, hubo tres intentos con princesas varias y cuatro fracasos. Creo que he contado uno de más, pero mi condición alcohólica exagerada no me permite llevar una cuenta más precisa. Hoy dormiría solo de nuevo. Lamentable, con lo bien que se está acompañado.

Entonces entré en el baño…

Pensaba ¿por qué coño nunca se fijó en mi Luisa?, cuando de repente lo vi…

Un décimo de la lotería nacional, tirado en el suelo.

Era de un sorteo ya pasado. Exactamente de hacía casi tres meses, con validez todavía. ¿Por qué no comprobarlo en internet?

Lo hice allí sentado. De momento nadie llamó a la puerta, me dejaron en paz en mi trono. No os lo vais a creer, pero tenía premio, y encima uno bueno: doscientos mil euros, ni más ni menos. El equivalente a diez mil horas de trabajo de las mías. Subidón.

Creo que me volví más simpático e incluso más guapo con aquel premio. Pletórico, diría yo.

Podía haberme callado, pero… se lo fui diciendo a todo el mundo según salí de aquel bendito wáter. La cara de alguna cambió, sus gestos comenzaron a ser como más cariñosos, sus miradas más sinceras.

Tuve entonces quince proyectos de ligoteo y culminaron con éxito diecinueve. Qué barbaridad, qué de números de teléfono apuntados. Creo que me volví a equivocar en las cifras, pero mi distorsión alcohólica de la realidad persistía. Incluso Luisa se acercó y me propuso quedar algún día. Qué cosas. Resultó hasta emocionante. Comencé a saber lo que significaba tener pasta. Esto me recordaba a aquella amiga que, hacía tiempo, ya me dijo: tres cosas hay en la vida: dinero, dinero y dinero.

Afortunadamente no dormí solo aquella noche. Unas braguitas rosas en mi armario atestiguan que lo que digo fue verdad. ¿Fue por amor? No, fue la bendita lotería.

Es lo que tiene acertar un premio. Pero si alguien me pregunta si aquella noche la razón de mi éxito fue mi físico, mi presencia o tal vez mi simpatía, lo afirmaré rotundamente.

Ahora, siempre que vuelvo a un bar, entro en el wáter y miro al suelo, más que nada para incrementar mi número de braguitas rosas de la colección, pero ya no salta la liebre.

En fin, lo afirmaré por activa y por pasiva: el dinero no hace la felicidad, pero eso sí: ayuda un montonazo.

Un detalle, antes de irme: he de contaros la verdad… El boleto, en realidad, no estaba premiado. Mi tasa de alcohol en sangre me jugó una mala pasada y la terminación 96 la confundí con la 69. No sé en qué estaría pensando yo, pero, gracias a eso, aquella noche dormí acompañado.

SIN CONTEMPLACIONES

Voy a contar algo que jamás he contado...

Elenita y yo empezamos a salir con una cenita. Y nuestro amor iba a fenecer con otra cenita. Sin contemplaciones. Estaba muy harto de que la que antes fuese la reina de la casa se hubiera convertido ahora en el azote de la misma.

No quise dejarla por *WhatsApp* o por SMS, me daba no sé qué. Habían sido dos años, nueve meses y tres días. Suena a condena, pero sí, lo fue. Quería dar la cara, aún a riesgo de reprimendas, llantos, y malos modos.

Ambos lucíamos semblantes tristones a la hora de la cena. No, no había velas desplegadas por el restaurante. Quizás sospechase algo... Cuando sirvieran los tiramisús de postre, se lo diría. A ver cómo camuflaba yo ese típico «no te aguanto más». ¡Qué difícil resulta romper a veces!

Con las gambas al ajillo se mostró correcta. Con los caracoles, educada. Sin embargo, nada más probar el brócoli ella comenzó con los reproches. Seguramente la salsa tuviese la culpa. Sí, ¡también ella tenía algo que decir… y de qué manera!

Me echó en cara de todo y por todo. Hasta mencionó las gotitas de mi dentífrico que, a veces, salpicaban el espejo del baño. Sí, también habló mal de mi madre. Según decía, le ponía de los nervios. Podía haber replicado, pero... le eché más vino. Sin contemplaciones.

A continuación, puso a parir a varios amigos míos. Detestaba a muchos, al resto los odiaba. Quise salir en defensa de los mismos, pero, en lugar de ello, le eché de nuevo más vino, sin miedo. Ya digo, sin contemplaciones. Podéis llamarme cobarde si queréis.

Pedí el tiramisú, y ahora fue ella quien insistió en que lo acompañasen de un *whisky* doble. Elenita era así. Me tocaba entonces mi turno, se iba a enterar.

Sin embargo, me sorprendió y no pude decirle nada de nada, porque comenzó a cogerme con cariño de la mano. ¿Sería el alcohol, los caracoles o tal vez el postre?

Qué cosas. Encontramos el amor esa noche, la noche del tiramisú. Hicimos el amor con ganas, sin contemplaciones. Todo esto sucedió hace veinticinco años y aún hoy celebramos aquella cena.

Y qué bien nos llevamos. Bueno, de vez en cuando le pongo un vino, para recargar sentimientos.

Aunque mi madre y ella se siguen odiando, semanalmente acudimos a la paella dominical en casa de mis padres, y como podréis imaginar, lo hacemos... sin contemplaciones.

EL FUTURO

En algún lugar desierto del planeta (y nunca mejor dicho), un día cualquiera del siglo XXII. Siglo I D.S. (después de Sánchez, el presidente español).

—El presentador del tiempo, tras anunciar muy sonriente, y con todo lujo de detalles, aires acondicionados, helados varios y con el abanico dale que te dale, ha dicho que mañana tampoco lloverá. Y ya se puede calificar esta sequía como «eterna» en lugar de «pertinaz».

—No es ninguna novedad, es más de lo mismo, llevamos así más de cinco años. Sequía brutal. Ayer le tuve que explicar a mi hijo de siete años lo que era una gota de lluvia y me costó una barbaridad. Finalmente le dije que antaño nos protegíamos de las mismas con un artilugio llamado paraguas.

—¿Y qué te dijo?

—Que había visto uno, en una visita que hicieron a un museo con el colegio.

—Qué barbaridad. Y es lamentable que todavía algunos se atreven a negar el cambio climático.

—Sí, anda que dejaron bien el planeta los de los siglos anteriores. Y mientras tanto, nosotros a beber más y más aguas de las desaladoras. Sabe fatal. El otro día, no te lo vas a creer, pero la volvieron a filtrar mal y me tragué un arenque vivo.

—Claro que me lo creo. Menos mal que no fue un erizo, como le pasó a mi primo, que todavía tiene pinchos en el gaznate. Esa agua sabe a rayos. Yo le pongo unas gotitas de *cognac* «La Parra» para quitarle el mal sabor.

—¿Y lo consigues?

—No, en absoluto, pero así estoy más contentito todo el día. Ya se decía... «*Cognac* la Parra, quien lo bebe, la agarra».

—Pues habrá que probarlo. Lo que sí te digo es que cuando la temperatura ambiente llega a los 52 grados a la sombra, mi mujer y yo, un tanto sudorosos, nos damos un chapuzón.

—Ya, pero ¿En dónde? Si todos los pantanos están secos y las piscinas prohibidas desde tiempo inmemorial.

—Hay otros métodos, ya te digo... Llenamos una jeringuilla con el agua de la maldita desaladora y nos enchufamos un roción brutal, cual manguerazo. ¡Qué sensación tan formidable! Se consigue todo un frescor que ni los Spas, ni los balnearios de la antigüedad.

—No me digas más. Voy a probarlo. Nosotros, cuando alcanzamos los 55 grados de temperatura a la sombra, metemos los pies en el wáter y no veas tú que alivio. Nos va fenomenal.

—Pues lo vamos a probar también. Por cierto, ¿dónde iréis a veranear este año?

—Como todos. Cogeremos el tren e iremos al Sáhara, que se está fenomenal. Mucho menos calor que en Galicia. Es más fresquito, agradable y rebequita por la noche.

—Es la única ventaja de la sequía terrible que arrastramos. Se evaporó el mar. África y Europa por fin conectadas, ya no hay que coger ferris. Yo fui el año pasado a Tánger en bici a través del pasadizo del Estrecho de Gibraltar, eso que antes era el Estrecho, pero ahora está llenito de cactus, tiendas de chinos de todo a un euro, y de inmobiliarias que se hartan de vender nuevas promociones. Lo quieren repoblar y lo van a conseguir.

—Todo eso me parece muy bien, pero que las granjas de dromedarios hayan sustituido a las de vacas y cerdos, no sé cómo afrontarlo. El entrecot de dromedario no me dice gran cosa. Porque donde esté un filete de ternera que se quite el de dromedario.

—Sí, nos intentan meter al dromedario en todas partes. Tengo unos cuantos amigos que tienen uno en casa y están encantados. Bueno, el animal se va dando todo el día golpes con el techo, pero son muy graciosos además de sostenibles.

—Calla, calla, que se han puesto muy pesados y encima ahora pretenden sustituir las carreras de Fórmula 1 por las carreras de dromedarios. No hay derecho.

—Ya te digo, que esta civilización terminará por fenecer extenuada, y si no al tiempo.

—Sí, sólo falta que nos quedemos algún día sin desaladoras. Pensar que hubo gente que negó en el siglo pasado el cambio climático, qué barbaridad.

—Sí, no se dieron cuenta de lo que nos venía encima. Venga, pásame un poco de ese *cognac* «La Parra» que me pego un lingotazo con agua o sin ella.

LO QUE VALE UNA SONRISA

Volví a entrar un día más en el restaurante. No era uno de estrellas Michelín, tampoco era sofisticado, pero era mi restaurante cotidiano desde hacía un mes. Simple y llanamente porque estaba ella. Esa mujer de risita maravillosa. Se le marcaban dos hoyitos la mar de graciosos en la cara al sonreír y, a mis treinta y dos años, me parecía estupendo.

Los menús eran caseros y de buen paladar: unos más que aceptables macarrones, una contundente fabada y unas exquisitas lentejas: Y ella siempre estaba presente. Atendiéndome, con esa risa que la hacía especial. Lo volveré a decir: me encantaban sus hoyitos.

¿Me sonreía como cliente que era?, o ¿había algo más? ¡Qué pregunta más difícil!

Me convencí de que, si bien trataba a todos por igual, a mí, cuando me servía… había algo diferente. Me recordaba a Richard Gere y ella a *Pretty woman*. Qué sencilla ella, qué bondad, qué interés. Mis propinas así lo atestiguaban. Tenía que proponerle algo, ahondar más en nuestra relación de cliente/camarera. Dicho y hecho…

Quedé con mi amigo Xisco, muy resuelto para todo y con mucho mundo, le conté lo de aquella camarera, y al día siguiente entramos en el restaurante. Seguramente entre dos contactaríamos mejor con la simpática mujer. Quería quedar con ella ya.

¡Qué naturalidad la de mi amigo! Xisco no paró de hablar, poniendo sus mejores posturas y maneras, sin dejar de sonreírle, de preguntarle. Es bueno tener amigos, pensé. Curiosamente ninguno de los dos me miraba ni por asomo. Yo me había quedado en un segundo plano. Los graciosos hoyitos que tenía la niña al reír me parecían ahora socavones. Los protagonistas de la velada fueron solamente ellos dos. Ni siquiera el salmón me pareció bueno. Lleno de espinas. Tal vez, la peor comida de mi vida.

Hubo intercambio de números de teléfono... entre ellos, naturalmente. A los pocos días, ellos formaban una pareja perfecta. Daba envidia verlos.

Yo, qué remedio, me cambié de restaurante diario. Ahora estoy en uno donde todos los camareros son tíos, bastante feos por cierto, e incluso hay alguno desagradable, pero donde no hay risitas de ningún tipo. El caso es que estoy encantado porque estoy ahorrando una barbaridad en propinas. Eso sí: echo de menos las lentejas.

Moraleja: No recurras a amistades si algún día descubres a la mujer o al hombre de tu vida.

EL CLIENTE SIEMPRE TIENE RAZÓN

—Esta salsa del solomillo no llevará pimiento, ¿verdad? Porque a mí el pimiento...

La miré con educación, pero con desprecio a la vez. Difícil mezcla, que había logrado conseguir tras mis treinta años de ejercer mi profesión. Yo era Paco Romero, el ejemplar camarero. Con escasas propinas, muchas horas de trabajo y ese saber aguantar a la clientela. Un pie en la jubilación, deseándola, pero el otro pie seguía trabajando en el restaurante «El Paraíso» al que nosotros, los del servicio, llamábamos «El infierno». El comedor estaba presidido por aquel cuadro, un bodegón horrible llenito de frutas, jarras y panes. Era el mío tan sólo un trabajo con el que sobrevivir. Contesté sin ganas.

—Nada de pimiento. Ajito, lo justo, y por supuesto un poquito de perejil.

—¡Qué bueno! perejil, como Arguiñano —respondió ella.

Y a continuación me explicó con todo lujo de detalles que sus croquetas eran incluso mejores que las del cocinero vasco, y que su bechamel se podía comer cruda, a bocados. Y yo, impasible, seguía soportando de pie junto a aquella mesa, intentando que pidieran la comanda. Qué horror.

El reloj sí marcaba las horas, en concreto las 11 de la noche, la cocina a punto de cerrar y habían llegado aquellos cinco clientes a última hora. Resignación. El bodegón era horrible.

Dos miraban el móvil, otros dos se besaban y la idiota de las croquetas no me paraba de hablar de su receta. Yo le metería la batidora de su bechamel por un ojo, pero eso no se puede decir a un cliente. Y robar tantos minutos a un camarero es sagrado. Encima, para colmo de males, el Atleti había perdido con el Osasuna esa misma tarde. Por lo demás... todo bien.

Ellos a su bola. Sin decidirse todavía a pedir. Alternaban sus gilipolleces: o bien me hacían una pregunta sin sentido o bien no me hacían el más mínimo caso. Como si no existiera, como si mi obligación fuese estar de pie allí mirándoles. Y volvían a besarse. Ahora comenzaron a discutir sobre la elección del plato. Al menos arrancaron.

Unos abogaban por entrantes y un plato, otros por dos platos del menú y un tercero, que debía de ser «el rarito» por sólo tapitas. Bronca monumental, desproporcionada, terrible. Los tortolitos dejaron de besarse. Y allí, nadie preguntaba qué sugería un camarero que llevaba sirviendo comandas la friolera de treinta años.

En mi humilde opinión, solicitar al camarero una recomendación de la oferta de la carta, es necesario. Como coger un guía cuando se visita un museo. Pero ellos seguían discutiendo, y yo más que harto de pie delante de ellos. Todo tiene un límite. Hice un intento de dejarles por un rato y la croquetera mayor del reino me espetó:

—¿Se va a ir ahora? Tenemos prisa.

Prisa, prisa… Estaba a punto de saltar, pero no quería problemas. Me quedé contemplando el cuadro del bodegón como traspuesto. Volví con desgana a la mesa a volver a escuchar su discusión. Y seguía de pie. Llevaba muchas horas trabajando. No había derecho.

Por fin se decidieron. Ganó el sector «entrantes y un plato». Y durante el servicio volvieron a recordarme que llevaban prisa y yo, en aquellos momentos, sólo tenía ganas de dejar aquella mesa, aquel restaurante, aquella situación. El Cholo Simeone no debió hacer aquel cambio…

Me acordaba y envidiaba a mi primo Carlos que hizo la carrera de ingeniero de minas y estaba todo el día bajo tierra sin ver esperpentos de este calibre. La de cosas que tiene que aguantar un camarero. Tras varios incidentes, reproches e incluso llamadas a gritos, llegó la cuenta.

—¿Es que no van a poner chupitos? —inquirió uno de ellos.

No lo debí hacer, pero no pude evitarlo. Me giré hacia el bodegón, cogí con ambas manos el inmenso cuadro, me dirigí al de los chupitos y se lo estampé en la cabeza rompiendo tan preciosa pintura con estas bellas palabras, por cierto, no muy gastronómicas:

—¡Toma chupito!

Ellos me insultaron, quisieron pegarme, pero mis compañeros salieron en defensa mía. Más que nada porque se alegraban de haber destrozado aquel horrible bodegón. No sé, si no hubiera perdido el Atleti, tal vez seguiría trabajando en aquel restaurante. Pero aquella tarde había perdido y Paco Romero, el ejemplar camarero, optó por la jubilación anticipada después de que el dueño me dijera enfadado algo que no llegué a entender muy bien: «el cliente siempre tiene razón».

No, aquellos cinco no volvieron jamás al restaurante.

Moraleja: trata bien a los camareros y en cualquier caso comprueba si por las paredes del restaurante al que vayas cuelga algún bodegón.

El SIGLO XXII

—¿Te encuentras bien?

—Sí, creo que sí. Tan solo ha sido un pequeño vahído sin importancia. Posiblemente los percebes del aperitivo me hayan resultado pesados, pero estoy bien. Termino este chuletón, mientras apuramos la botella de vino, y seguro que resucito.

—Ni lo dudes. Es más, abramos otra botella para no quedarnos escasos, te lo dice tu médico. Porque, Juan Luis, con noventa y dos años toca cuidarse. Y no estaría mal que al llegar a casa te acuestes un rato y si es con Piluca mejor.

—Sí, seguramente lo haré. Da gusto escucharte, Luis. Ahora entiendo tu éxito como galeno. Esto de que las consultas semestrales las finalicemos con una comilona me parece una idea soberbia. Por cierto… lo de la dieta blanda tampoco va contigo.

—Otra barbaridad, que quieres que te diga. Nunca descartes la chistorra y el torrezno de tu dieta, ni mojar pan en los guisos. Todo eso, con una despensa bien surtida de jamón y lomo ibérico, del bueno, naturalmente, te harán posible una mejor existencia.

— ¿Mejor existencia? No sé yo. Esta nueva ley que nos hace seguir trabajando hasta cumplir los ciento un años, me quita el sueño. Divinos años aquellos del siglo pasado en que se jubilaban en España a los sesenta y cinco años, e incluso antes.

— Eran otros tiempos, pero que a mis noventa y siete años tan solo me resten cuatro por trabajar me encanta. A ver qué hago en mi jubilación. Seguramente me dé por correr maratones.

—Piénsalo bien, que la esperanza de vida se sitúa ya en los ciento veinte años. Ya sólo resta que mis hijos, nietos y tataranietos se vayan por fin de casa y lo bordamos. Es un poco cansino mantenerlos a todos ellos. No se piran de casa ni por asomo.

—Me pasa igual, pero gracias a Dios, los míos, esta noche saldrán todos a la calle, que les he sacado entradas para que vean a Raphael. Qué barbaridad, sigue cantando, pero el menda... noche de placer con Teresita a solas. Qué placer.

¿Un sueño? No..., el siglo XXII será así. Y si no al tiempo...

EL MERCADO DE LA ILUSION

—Me pone cuarto y mitad de besos y trece caricias.

—Vaya… ¿Tan mal estamos? ¿envasado o al vacío?

—Para vacío ya estoy yo. En cualquier caso, fresco, por favor, que no estén verdes.

—Claro. Para verdes, verdes… puede acudir a la tienda de enfrente «Pasiones Desenfrenadas» y allí le darán lo que precise. Jajajá… están encantados con poder satisfacer al cliente. Aquí nosotros en «Amorcito Ito Ito» sólo suministramos lo que quiere nuestro público: amor de calidad, a raudales, y fíjese que hoy estamos de aniversario: Llevamos abiertos cuarenta y dos años, desde el año 82.

—¿82? ¿De qué me suena ese año?

—Del mundial de fútbol en España, el de «Naranjito». Fue cuando nosotros abrimos este chiringuito. En aquel mundial, con cada gol de España regalábamos también un abrazo. Efectivamente, dimos muy pocos.

—Pues ya que dice eso de «abrazos»… me pone también un cuarto.

—¿«Efusivos», «de simple compromiso» o «de amigos para siempre»?

—Los más baratos, que llevo poco cambio —le contesté— Sólo tengo tres monedas de esperanza y un billete de ilusión. No sé si me llegará el dinero porque después, ya por el barrio, me quedan por comprar trescientos gramos de sonrisas.

—Pues lo tiene crudo. Si ya antes escaseaban las sonrisas, ahora sus repartidores se han declarado en huelga.

—Es tremendo: una huelga de sonrisas. Ni que estuviésemos en el Congreso de los Diputados. No sé a dónde iremos a parar.

Me encontraba en la Ciudad de la «Ilusión» y su conocidísimo «Mercado del Deseo» se encontraba abarrotado. Naturalmente, todo el mundo quería comprar. Se conjugaba una oferta muy apetecible mezclada con esa ansia compradora, habitual en los periodos de carencias de sentimientos. Al que no le faltaba una pizca de amor, estaba escaso de cariño. La mayoría sufría de una soledad terrible. Todo se vendía, hasta la mismísima «imaginación», que se despachaba alegremente en el puesto de al lado con aquel cartel de marketing puro y duro:

«También se vende humo, sin necesidad de tarro alguno».

Gente y más gente por todas partes. En el puesto de «Su Media Naranja» no cabía ni un alfiler. Todos pedían a gritos un cambio en sus vidas, poder amar, y encontrar a alguien con quien compartir, con quien soñar, a quien abrazar. Y pagaban lo que fuera necesario, aunque no era nada barato, todo sea dicho. Hubo incluso quien intentó pagar su cuenta con una moneda que estaba ya fuera de circulación, la moneda «comprometerse». Valía su peso en oro, pero ya nadie la aceptaba.

Aunque predominaba la gente joven, también los había talluditos, que no paraban de ir de tienda en tienda. Eran los peores clientes pues no estaban dispuestos a esperar más tiempo, porque veían como los años se les echaban encima y alguno llevaba sin querer toda una vida. Dos de ellos sufrieron incluso algún «ataque de soledad» allí mismo, en mitad del mercado, y hubo que reanimarlos a fuerza de besos, sacados milagrosamente de aquel botiquín con corazoncitos.

—Qué mono el botiquín —sentenció un bombero que pasaba por allí.

Y en mitad de aquel mercado, en lugar bien visible, destacaba un supermercado más moderno, de una cadena muy conocida, donde las bolsas de la compra costaban una barbaridad: un guiño de ojo con sonrisa incluida. Tremendo lo de los precios. A dónde iríamos a parar.

—Pues ya le digo que se lleva unos abrazos sensacionales. Muy afectuosos. Incluso los hemos comenzado a exportar — me comentó entonces el tendero.

Iba a contestar cuando, de repente, sonó en el mercado la música por todos conocida: «el himno de la alegría», del mismísimo Miguel Ríos. Era la señal convenida. Había que paralizar toda actividad y escuchar con atención las noticias. Todo el mercado estaba en silencio, no se escuchaba ni una mosca (mosca que por cierto tenía dos corazoncitos en vez de alas).

Al cabo de diez minutos comenzaron las noticias, después de miles de anuncios de detergentes, colonias, coches y demás.

La famosa locutora Amor Profundo tomó la palabra dirigiéndose a la concurrencia:

—«Fuentes confirmadas nos comunican que en la reunión mantenida ayer en la sede del hotel "Tristeza", por los representantes de los tradicionales países hostiles "Monotonía", "Egoismo", "Túnomecomprendes" y "Meimportasunbledo", han decidido emprender acciones hostiles contra nuestro País de la Ilusión» por unanimidad.

Dicho esto, se roció con la colonia «Huelequetecagas» mientras cantaba la canción publicitaria de dicho producto. La expectación rodeaba al público. Más de un centenar compraron en esos precisos momentos la colonia, vía internet.

A continuación, otros veinte minutos de publicidad. Esto era inaguantable.

Era terrible lo que había anunciado Amor Profundo. En breve, podíamos sufrir una invasión y quedarnos sin besos, sin abrazos, en definitiva, sin amor, y quedar sometidos a la dictadura de la «tristeza». Podía haber un ataque inminente. Y… lo hubo. Un ataque tremendo, sin paliativos.

Todo comenzó con ráfagas continuas de odio, tan perniciosas como letales, que hicieron mella en toda la Ciudad de la Ilusión. Los pilares del afecto y la comprensión se desmoronaron con los impactos. A continuación, cayeron cohetes teledirigidos de «rencor» que produjeron deserciones en nuestras propias filas y, finalmente, los terribles paracaidistas de la «rutina» asaltaron el mercado. Esto fue lo peor. Dichos paracaidistas eran todos igualitos: grises, no sonreían, con banderas que proclamaban «hastío» y lo peor es que todos ellos llevaban un teléfono móvil en sus manos con el que no paraban de hablar. No exagero.

La situación era terrible. Toda la felicidad podía irse al garete en un santiamén.

Efectivamente, la ilusión comenzó a perderse. Aquellos paracaidistas con sus móviles activados sembraron el silencio. Se desterró el palique y la conversación, hundieron las tertulias. Callaron los amigos y los amantes, enmudecieron las familias y las parejas, reinó el silencio más absoluto. Solo hablaron los móviles. Aquellos paracaidistas sabían bien el daño que estaban haciendo. La guerra estaba perdida.

Pero sucedió algo. Así, de repente.

Entre anuncio y anuncio de coches y de detergentes, apareció una niña pequeña en el mercado portando un saco.

Se presentó diciendo que tenía la solución para ganar esa guerra perdida. Habló muy responsablemente:

—Sé cómo acallar todos esos móviles que tanto daño nos hacen. Si no actuamos pronto, nos quedaremos sin comunicación, sin esperanza alguna de poder hablar con nuestros semejantes cercanos…

—Pero… ¿De dónde ha salido esta niña? Que le den rápidamente un par de besos del botiquín de los corazoncitos —ordenó el bombero que de nuevo pasó por allí.

—Este anuncio no lo conocía. Seguro que ahora saca los botecillos de colonia en oferta y nos los intenta vender —aseguró otro.

Pero ella repitió:

—¿Sabéis como acallar a los móviles parlanchines?

—Venga, cuenta de una vez —dijo el tendero.

—Dispararemos lo que llevo en el saco, por supuesto lo haremos con amor —ella aseguró.

—¿Qué es? —Preguntaron varios a la vez.

—Respeto. Vamos a lanzarles bombas del apenas conocido «respetoalosdemás» y ya verás cómo se callan de una vez esos malditos móviles. Es infalible si se emplea adecuadamente. Con ese «respetoalosdemás», sin duda, venceremos.

Y así fue.

No fueron necesarias toneladas de ese «respetoalosdemás», tan solo unas simples dosis acallaron para siempre a los móviles hostiles. Y la conversación volvió y las parejas se sentaron por fin a hablar. Los abrazos y besos volvieron a venderse a granel. Todo mejoró, incluso la locutora Amor Profundo estuvo a punto de ser nombrada presidenta del país de la ilusión, y no llegó a serlo porque le arrebató el puesto la otra candidata llamada Gloria Fuertes que consiguió una abrumadora mayoría.

Se repartieron abrazos y besos por todo el país. A la niña le regalaron aquel botiquín con corazoncitos, pese a la oposición rotunda del bombero que se lo quería llevar.

Volvió a reinar la paz en el Mercado de la Ilusión y la «Tienda de la Imaginación» se atrevió a lucir un nuevo cartel en su escaparate:

«El uso del móvil puede ser una maravilla, el abuso del mismo es nefasto».

Aquello no era asunto de la imaginación, pero a la niña, encantada con aquel botiquín, le gustó mucho el cartelito.

Tan sólo una contrariedad: quedaba ya poco de ese «respetoalosdemás». Habría que buscar la forma de reponer existencias.

MI HERMANO PEDRO

Una cruz muy sencilla, asimétrica. Hecha con madera de una patera. Estaba colgada en la Cartuja y me gustó. Este mes de mayo de 2025, mi familia al completo (los seis hermanos que somos y nuestras parejas) hemos ido a Italia a visitar a nuestro hermano Pedro que es monje cartujo en la Sierra de San Bruno, en la Calabria italiana. Sí, lejísimos. Viaje organizado por Ana, mi mujer, que hizo labores de producción, informática, chófer, en fin, una joyita de esposa.

Si tuviera que escoger entre los tres seres humanos más felices que he conocido a lo largo de mi vida, sin duda alguna Pedro estaría entre ellos. No, no me cambio, en absoluto. Para hacer lo que él hace, se necesita algo más que saber meditar y orar. Se necesita estar enamorado de Dios y encerrarse con Él veinticuatro horas, semanas, meses y años. Y yo prefiero hacer lo que hago, sinceramente.

Contaré un poquito su historia. Esa historia que transcurre en cuarenta y cinco años de sacerdocio, a lo largo de los cuales también ha hecho bellas poesías, algunas con música, que suenan muy bien.

De pequeño, mi hermano Pedro era sociable, animado, amigo de la fiesta. Un gran amigo, un gran hijo y un gran hermano. Terminó magisterio, e hizo la mili como inspector en el CHA (Colegio de Huérfanos de la Armada). Y entonces, con veintitrés años, recibió, sufrió o padeció un fogonazo difícil de explicar. Una «llamada espiritual» que le dejó traspuesto. Hizo caso, acudió a la llamada, e ingresó en la Cartuja de Miraflores (Burgos) para estar con su ser amado, para dedicar su vida a ese Dios que pocos alcanzan.

Ya allí, derrochaba felicidad, pero a base de sufrir ayunos, abstinencias, fríos y sobre todo... soledad.

Tal vez eso sea lo que más duele.

Ya digo, que me cuesta comprenderlo y sólo lo entiendo por esa razón bien sencilla: se enamoró de Dios. Todo aquel que haya estado enamorado alguna vez sabrá de qué estoy hablando.

Con esta vida se ha pasado más de treinta años. Allí, en Burgos. Y mal no debió de hacerlo, porque los otros monjes le nombraron Prior de Miraflores.

Daba gusto ver la Cartuja con él al mando. Su relación con los demás monjes, con los trabajadores, con los familiares.

Pero algo dijo (o dejó de decir), algo hizo (o dejó de hacer), que no gustó a la jerarquía superior. Y lo machacaron. Tras unos pocos años de priorato magnífico... lo desterraron. No querían Pedros ejerciendo de prior. No saben lo que se han perdido con su cese.

Él pudo haberse rebelado, pero lo aceptó sin pega alguna y siguió rezando, cumpliendo, ayudando. Su destierro era en Calabria, Italia, donde ya lleva más de tres años.

Ahora es procurador (el que gestiona obras y relaciones cartujanas, además de despensero). Sí, ha engordado algo. Toca la guitarra, es muy buen poeta y sigue escribiendo poesías preciosas. Los hermanos y los amigos, que lo vemos desde fuera, nos preguntamos qué demonios hace allí en Italia y por qué no se lo traen a España, donde hay otras tres Cartujas. Los designios de Dios son inescrutables, pero los de los cartujos lo son todavía más.

Mira que buena frase escribió:

«Cada vez que discriminas a alguien
encoges el universo».

O esta otra:

«Se acercaron a la orilla del mar... y no volvieron más
azules.

Escalaron montañas más altas... y no volvieron con alas.

Se adentraron en su soledad... y no volvieron, no volvieron».

¿Pedro es feliz? Sí, y trasmite esa felicidad. Eso es lo importante. Pero en Italia, nosotros, los hermanos, lo visitamos
cada dos o tres años. Si estuviera en España, en alguna de las
Cartujas, haríamos dos visitas al año, y podríamos ir los
ciento veintidós miembros de esta familia que afortunadamente somos ya. Y, además, los hermanos vamos haciéndo-
nos mayores. Dentro de poco, algunos comenzarán a cumplir los ochenta años. Que Pedro esté en Italia no tiene ningún sentido para llevar la vida monástica. Una pena. Ahí lo
dejo. A ver si el Papa recién nombrado lee este relato y toma
cartas en el asunto.

Agradezco enormemente a la Cartuja italiana el buen
trato que nos ha dado. Son once monjes que viven su vida en
paz y con espiritualidad. Me encantó poder asistir dos veces

al coro, donde uno puede palpar realmente la fe de aquella gente. Sí, seguramente, estos monjes no lleven haciendo el canelo toda su vida encerrados allí, y ese Dios, al que alaban, ronde por la Cartuja e incluso por el mundo. Mi pequeña ventanita de que exista un Dios, se ha hecho un poquito más grande. Algo increíble esto del Espíritu.

Por lo demás, el mundo sigue girando, y desgraciadamente, gira cada vez peor: sigue la matanza de Gaza, de Ucrania, las hambrunas africanas... Pero hay que seguir viviendo. Un mundo difícil de comprender. La vida puede ser muy bonita, pero no siempre es fácil.

COLORINES

Tenía un piso envidiable en el barrio de Chamberí de Madrid, y una mujer maravillosa que daba color al mismo. Lo digo sin temor a equivocarme, porque una vez al año lo pintaba con desigual fortuna. Un año de azul «azafata», que ella puntualizaba más y decía que era azul «piscina», al año siguiente de verde «carruaje», que yo llamaba «fosforito». No entiendo por qué no le acabó de gustar que yo lo llamase así. Me gusta «fosforito».

En fin, ella había recorrido casi todas las tonalidades del arco iris, pero con cien apellidos diferentes. El amarillo no tenía sentido si no se le ponía otro apellido. Ella lo llamaba amarillo «Nápoles». Me convertí en todo un experto en colores.

Y, a todo esto, con tres hijos maravillosos a la par que prometedores. Sí, el tercero fue por un desliz en Palma de Mallorca. No entraba en nuestros cálculos, no estaba previsto, lo llamábamos cariñosamente «el sobrasada». Fruto de una cena salvaje con dicho alimento, y de la picante.

Dos coches en el *parking*, y por supuesto la moto, caros todos ellos, y muy relucientes; una vida sexual lógica para

nuestros cincuenta y cinco años. Sin alardes, pero sin aburri-
mientos. No hay nada peor que aburrirse en estos menesteres.

Veíamos continuamente series por la tele. Ella descu-
bría al asesino del hacha a las primeras de cambio. Yo siempre identificaba al mayordomo como el culpable de las
muertes, y nunca era así. Nuestro perrito mientras tanto ya-
cía a nuestros pies. Ya digo: una vida envidiable y encima sin
hipoteca que pagar, una maravilla.

Y entonces…

Apareció ella en mi vida.

El caso es que me acerqué un día con mi hijo «sobrasada» a comprar unas palmeritas a la pastelería de enfrente,
la famosa «Come + nata» y allí estaba ella, sonriente.

Era nueva como dependienta, y su escote me encandiló.
¿Alguien sabe la fuerza que puede tener un escote? Pues sí, la
tenía, y «sobrasada» y yo nos quedamos como lerdos ante su
indumentaria. Al finalizar nuestro pedido, nos sonrió una
vez más y nos despidió con un llamativo:

«Adiós, bombones».

¡Joder!, a mí nunca en la vida me habían llamado «bombón», como mucho en algunas ocasiones «cosita» mi mujer
y no entro en detalles.

Ya en casa, contemplando el verde carruaje de las paredes comencé a pensar más y más en la susodicha dependienta de amplio escote y franca sonrisa. Cuando el diablo

mete la cola… Y entonces me decidí: por la tarde volví a bajar a comprar. Para no levantar sospechas, esta vez decidí comprar bambas de nata. A veces soy muy astuto disimulando.

Y a partir de ahí, estuve dos meses yendo a comprar. Y comenzamos a hablar. Yo le hablaba de los nuevos colores de la casa y ella escuchaba, me contestaba y se reía. Reía y me hablaba, mientras me decía que su color era el rojo pasión. Lo pillé enseguida. Creo que a eso se le llama «echar el anzuelo».

Mi mujer pensaba, pensaría mucho en colorines, pero de tonta no tenía un pelo. Era tal la cantidad de pastelitos que yo compraba a la semana que un día me siguió, y comprobó lo que se temía: el bombón (yo) y la del escote abrazados y besándonos apasionadamente, teniendo por testigos a la caja registradora, los paquetes de «Bonys» y «Bucaneros», y también unas torrijas la mar de buenas.

Adiós a mi casa de Chamberí, a mis series y a mi perro. Lamentablemente rompí toda relación con mi esposa. Encima temía por mi vida porque os juro que ella que era especialista en asesinatos me la tenía jurada, y así yo iba con el casco de la moto todo el día puesto por si ella se decidía a actuar con el hacha o similar. Más valía prevenir.

¿Se me notó el cambio? Bueno, en concreto, engordé quince kilos con mi dulce aventura pastelera y sudaba un pelín más por la cabeza de tanto llevar el casco.

Ella, la dependienta, finalmente se cansó del rojo pasión. Me dejó también y ahora parece que le van los colores pálidos, y yo... lo veo todo negro.

Como veis, todo siguen siendo colores en mi vida.

Ahora soy más bien de Torreznos antes que de dulces. Detesto el amarillo Nápoles. Y sigo engordando.

Para mejorar mi forma física, he comenzado clases de zumba. La profe, una mulata espectacular, me hace mover todas las partes de mi cuerpo al ritmo de la música. Y lo que hasta hace poco veía tan negro... parece que se va iluminando con otros colores nuevos.

ENTRE LIBROS

—Oye Perico… ¿Ya se han entregado esos premios de novela a los que te presentaste? Me decías que estabas muy ilusionado —preguntó Sonia al otro lado del teléfono.

—Calla, ni lo menciones. Ni siquiera estoy entre los diez finalistas. Seguro que el galardón es para el primo o el cuñado de algún miembro del jurado. No me explico en qué estoy fallando. Lo di todo en esta novela, me entregué en cuerpo y alma a mis personajes.

—¿Me dejas que te haga una pequeña crítica?

—Adelante. Una crítica de una amiga es siempre bien recibida.

—Para empezar, el título de la novela es mejorable, ese «Apoteosis exotérico de los merovingios. Pros y contras» es un poco «espeso». No creo que se haga viral. Por otra parte, la portada que quieres poner cuando la publiques, deja mucho que desear. Un merovingio en bañador haciendo surf no es de recibo. Y, que el asesino sea una niña de seis años, armada con un hacha, canta un poco, sinceramente.

—La portada es fundamental, no la cambio ni un ápice. Con un simple vistazo, arrastrará a los lectores a adquirir mi novela. El binomio merovingio/surf, todavía no muy tratado en la literatura actual, sin duda funcionará. ¿No crees?

—Sí, seguramente. Es un tema muy a explorar. Pero bueno… ¿Y lo de la niña asesina? ¿No podía el mayordomo ser el asesino como en toda novela que se precie?

—No. Lo de la niña es inesperado, brutal, rompe con todo. En la segunda parte, que ya estoy escribiendo, la niña se hace *influencer* y gana un montón de dinero y va incluso a «El Hormiguero». Finalmente se casa con uno de los cámaras del programa y le tocan los tres mil euros de la tarjeta del Hormiguero. Todo un vuelco en la trama. Brutal, ya te digo.

—Lo que me cuentas parece la mar de interesante. Seguramente hagan una serie con tu novela. Bueno, haz lo que quieras, que a fin de cuentas es lo que hacéis siempre los escritores. No hacéis ni caso a las críticas. Si les hicieseis caso, otro gallo os cantaría.

—Ya te digo: título, portada y temática no son modificables. Lo he dado todo en esta novela.

— Lo has dado todo y se nota. Sobre todo, se nota que no parabas de tomar cervezas. Sinceramente: no bebas mientras escribes.